# CRIME&SEGREDO

Maria Luiza Bortoni Ninis

# CRIME & SEGREDO

TALENTOS DA
LITERATURA
BRASILEIRA

SÃO PAULO, 2019

*Crime e segredo*
Copyright © 2019 by Maria Luiza Bortoni Ninis
Copyright © 2019 by Novo Século Editora Ltda.

**AQUISIÇÕES**
Cleber Vasconcelos

**EDITORIAL**
Jacob Paes • João Paulo Putini • Nair Ferraz
Rebeca Lacerda • Renata de Mello do Vale • Vitor Donofrio

**PREPARAÇÃO:** Equipe Novo Século
**DIAGRAMAÇÃO:** João Paulo Putini
**REVISÃO:** Daniela Georgeto
**CAPA:** Brenda Sório

Texto de acordo com as normas do Novo Acordo Ortográfico da Língua Portuguesa (1990), em vigor desde 1º de janeiro de 2009.

Dados Internacionais de Catalogação na Publicação (CIP)

Ninis, Maria Luiza Bortoni
Crime e segredo
Maria Luiza Bortoni Ninis.
Barueri, SP: Novo Século Editora, 2019.

(Coleção Talentos da Literatura Brasileira)

1. Ficção brasileira 2. Ficção policial brasileira I. Título

19-0148                              CDD-869.3

Índice para catálogo sistemático:
1. Ficção : Literatura brasileira  869.3

Alameda Araguaia, 2190 – Bloco A – 11º andar – Conjunto 1111
CEP 06455-000 – Alphaville Industrial, Barueri – SP – Brasil
Tel.: (11) 3699-7107 | Fax: (11) 3699-7323
www.gruponovoseculo.com.br | atendimento@novoseculo.com.br

*São três cidades altaneiras nas encostas da belíssima Mantiqueira.*

*São Lourenço, com sua igreja branca e águas curativas, acolhe as pessoas que a visitam. Foi ali que eu vim ao mundo, às margens do rio Verde, que desliza suavemente pelo vale.*

*Itajubá, cidade de livros e poetas, viu meus netos nascerem e se educarem.*

*Maria da Fé, a mais alterosa das três, onde passei parte de minha infância. Ela se situa no píncaro da Mantiqueira. Foi por isso que um dia eu, menina, estendi a mão e alcancei a lua cheia.*

Neste seu segundo romance de aventuras, em que confirma seu talento para a criação de tramas e o desenvolvimento de personagens, Maria Luiza Bortoni Ninis acrescenta o elemento suspense em caráter permanente. Agora, a trama parte do desaparecimento de rica empresária do Rio, com lances que precedem o fato e que, aparentemente, não guardam relação com a história.

Mas o leitor deve estar atento: sua participação é essencial para perceber fatos comuns que serão importantes para a constituição do seu enredo. Sim, porque as pistas vão sendo semeadas com calma e falso alheamento, e ao leitor é solicitada a sua organização em liames não esclarecidos.

Uma velha senhora de férias na estância sul-mineira de São Lourenço se emociona ao avistar um ilustre casal de hóspedes no hotel-castelo em que estava hospedada. Suas tentativas de aproximação, em nome de conhecimento anterior nas festas de abertura de uma filial com a presença de sua sobrinha, funcionária da empresa, redunda em estranhamento e frustração.

Ao voltar para sua cidade, a sul-mineira Itajubá, passa pela paradisíaca Maria da Fé e contempla as vastas montanhas da serra da Mantiqueira, encantando-se com sua beleza e a variedade de tons de verde que as recobrem.

Os fatos se desenrolam entre os estados de Rio e São Paulo, com desdobramentos também para cidades do Nordeste. À medida que avança, personagens vão sendo introduzidos na história, que aos poucos vai ficando complexa. Os cenários também vão sendo construídos com habilidade. Maria Luiza se vale de seus conhecimentos e preferências de paisagens, arte e arquitetura para ambientar cenas em que o suspense e o mistério irrompem subitamente, em sequências que, também como em seu primeiro romance, sugerem imagens e filmes.

Cenas emocionantes do romance são vivenciadas em monumentos históricos, onde são narrados fatos pouco conhecidos, valorizando a obra que agrega cultura a um romance de crime, mistério e suspense.

Neste *Crime e Segredo*, uma característica nova é o intenso diálogo interior de muitos dos personagens que se interrogam sobre os fatos e sobre si mesmos, consolidando o delineamento de tipos de grande riqueza e significação. É como se dois livros passassem a acontecer em paralelo, um em que a trama se constrói, e outro em que os personagens ganham consistência humana. E tudo ocorre num texto de grande simplicidade, que, ao contrário do que possa parecer, é uma conquista e exercício de maturidade e sabedoria.

Maria Luiza Bortoni Ninis firma-se, assim, como um nome que se situa entre os melhores de seu gênero de romances de ação e aventuras recheados de surpresas e mistérios. E de muitos segredos. De forma elegante, escapa às facilidades e mostra-se como uma competente artesã. Como a elegância e a simplicidade fazem parte do seu comportamento, Maria Luiza também se revela mestra em passar para as palavras sua mais rara essência. Uma obra que chega com luz própria. Que venham outras, para o deleite de seus leitores.

*Francisco Villela*

**D**ona Lola abriu a janela e saiu para a pequena varanda. De lá descortinava-se a frente do hotel: a parte mais alta, onde os carros estacionavam para deixar os hóspedes no alpendre defronte à portaria, as rampas laterais, a escadaria central de pedra que levava a outro patamar, onde se situavam quatro chalés, além de canteiros floridos e matizados. E, descendo um pouco mais, havia outro espaço plano, onde se localizavam a piscina e um quiosque.

Estava contente por ter preferido aquele hotel, em formato de castelo, para passar os três dias de que dispunha naquela estância hidromineral. Podia ter escolhido hospedar-se perto do Parque das Águas, sua estadia seria mais cômoda e movimentada, porém a arquitetura daquela hospedaria, com suas torres, suas escadas, o pátio com caramanchões cobertos de flores, a seduzira. Parecia que havia algo misterioso naquele casarão, alguma coisa semelhante a um palácio encantado, com fadas e duendes. Mas o que mais a alegrara foi um acontecimento inesperado.

Ela havia chegado pela manhã. Alugara uma charrete com uma parelha de cavalos, dessas que se assemelham a uma carruagem, e fora dar uma volta pela cidade. Estava se sentindo uma rainha, morando em um castelo e passeando de coche. Ao retornar do passeio, quando entrou no saguão, viu-se defronte a um casal célebre, ou, pelo menos, célebre para ela. Eles acabavam de dar seus nomes à recepcionista: senhor e senhora Cavalcante, conhecidos como Skintouch, por serem os proprietários da famosa lingerie Skintouch. Que emoção! Há quatro anos, quando a potente firma carioca inaugurara sua primeira filial em São Paulo, ela estivera presente. Havia sido convidada por sua sobrinha, Simone, que trabalhava na loja da firma em Copacabana e lhe dera dois ingressos, e ela pudera ir com sua filha. Ficara deslumbrada! Participara do coquetel, assistira ao desfile e até fora sorteada com uma finíssima camisola rendada. Mas o que a deixara mais feliz foi o fato de ter podido cumprimentar a proprietária, a belíssima senhora Regina Maria, a quem chamavam de rainha da lingerie Skintouch. A proprietária da companhia dera bastante atenção a ela e a sua filha, porque gostava muito de Simone.

Ficou meio paralisada à porta do saguão, criando coragem e pensando em uma forma de chegar perto para cumprimentar os novos hóspedes. Será que a senhora Regina se lembraria dela? Bem pouco provável, embora tivessem conversado durante alguns minutos. Quando saiu de seu torpor e começou a caminhar até o local onde estavam as celebridades, estas já se dirigiam a uma porta lateral e, de lá, observou bem, foram para um dos chalés na parte exterior do complexo hoteleiro. A recepcionista os seguiu para acomodá-los com conforto, e ela não teve pessoa alguma com quem comentar sobre sua surpresa e felicidade. Felicidade muito grande; estar hospedada em um castelo, tendo como companheiros rei e rainha da lingerie Skintouch. Quando contasse, suas amigas não iriam acreditar, pensariam que ela estava exagerando.

Esperou a recepcionista voltar, mas, como estava demorando, pegou sua bengalinha e, apoiando-se no castão de prata, subiu ao segundo andar e, vagarosamente, como se estivesse vagando em um sonho, dirigiu-se ao seu quarto.

Durante o resto do dia, nem mesmo durante o almoço voltara a se encontrar com os novos hóspedes. À tardinha, porém, saindo na balaustrada anexa à janela de seu aposento, ela os avistou. Estavam abraçados ao lado da piscina. *Desta vez eu conseguirei falar com a senhora Regina*, pensou. Apanhou sua bengalinha, trancou a porta de seu quarto e foi descendo as escadas para o térreo, tão rápido quanto suas pernas permitiam. Atravessou o saguão, a varanda e novamente enfrentou outros degraus até o patamar que formava um jardim. Suspirou. Já se cansara! Mas agora havia apenas cinco degraus e já estaria no plano onde se localizava a piscina. Desceu. Mas que decepção! O senhor Skintouch estava sozinho. Sua esposa acabara de entrar no chalé, que se situava no patamar acima.

– Passeando um pouco, senhora?

– É – respondeu, um pouco contrafeita. – Estou travando conhecimento com a parte exterior do castelo, ou melhor, do hotel.

O homem sorriu, e ela, encabulada, encetou o trajeto de volta à construção central, desta vez com passos mais lentos, sempre se apoiando em sua bengala.

Mas, ao chegar ao cimo, ou seja, ao terceiro patamar, não entrou no hotel. Sentou-se em um convidativo balanço em forma de banco e ficou contemplando aqueles pátios superpostos. O que lhe chamava mais atenção era um pavilhão, com poltronas de vime em forma de espreguiçadeiras, cujo teto era colorido por flores de duas primaveras que se misturavam: rosa e vermelha. Aquele caramanchão parecia transmitir uma grande paz.

*Por que não fico sossegada e deito em uma daquelas espreguiçadeiras? Estou desperdiçando o precioso tempo de que disponho nesta cidade tão acolhedora tentando falar com uma desconhecida. Isto é, eu a conheço, mas ela certamente não se lembra de mim e não vai me dar qualquer atenção.* Pensava assim, mas ao mesmo tempo havia algo dentro dela que a impelia a falar com a senhora Regina. Seria curiosidade? Não. Era algo maior, não sabia definir. Talvez fosse o fato de a importante dama no passado ter conversado com ela com tanta simpatia. É... não sei!

O fato é que dispensou o coche que veio apanhá-la para prosseguir com o passeio e permaneceu na varanda do hotel. Já estava cansada e quase abandonando seu intento, quando avistou um funcionário do hotel atravessando o pátio rumo ao chalé dos hóspedes cariocas. Viu que colocavam as malas no carro. *Será que já vão partir? Ficaram tão pouco!* Mas um sorriso estampou-se em seu rosto quando avistou a senhora Skintouch acompanhando o marido à recepção. *Desta vez eu falo com ela.* Levantou-se e se dirigiu também à recepção. Iria pegar suas chaves, ou seja, seria um pretexto para se aproximar dos empresários. Ficou defronte a Regina Skintouch e com a voz trêmula a cumprimentou:

– Boa tarde, senhora Regina Maria. Você se lembra de mim? Eu estive na inauguração da loja da Avenida Paulista.

A moça a olhou friamente e fez um gesto negativo com a cabeça. Porém o marido respondeu:

– Desculpe, minha senhora. Encontramo-nos um pouco mais cedo, não foi?

– Oh, sim, foi isso mesmo.

– Pois é, minha esposa se lembra da senhora, sim. – E voltando-se para Regina Maria: – Não é, querida?

– Ah, sim, claro. Desculpe, senhora. É que eu converso com muita gente.

– Eu compreendo. Só queria mesmo cumprimentá-la.

A senhora Skintouch forçou um sorriso e caminhou para seu elegante automóvel. O marido assumiu a direção e o carro partiu.

– A senhora está se sentindo bem? – perguntou a recepcionista a dona Lola, que ficara paralisada ao lado do balcão das chaves.

– Ela está diferente – balbuciou.

– Ela quem?

– Não, não é nada importante – disse a velha senhora. E, pegando sua bengalinha, caminhou a passos lentos para seu quarto.

\* \* \*

Dona Lola custou a conciliar o sono. Ela se esforçara tanto para cumprimentar a famosa rainha da Skintouch e agora pensava que fizera uma tolice. Estava assustada. Não pelo fato de a senhora Regina não a ter reconhecido. *Isso eu já esperava, seria o normal!* Mas pela diferença de comportamento da empresária. Havia sido tão simpática em São Paulo, mas devia estar doente, esgotada ou apenas cansada. Ela ficara sabendo que a milionária trabalhava muito na administração da firma.

*Eu penso que ela devia trabalhar menos e passear mais, assim não ficaria estressada. Mas o que eu tenho com isso? Cada um faz o que quer de sua vida. Bem, vou tentar me esquecer desse fato e aproveitar os dois dias que ainda me restam em São Lourenço.*

Nos dias que se seguiram, dona Lola passeou tanto pela cidade em sua "carruagem" que não se lembrou mais do incidente com os donos da Skintouch.

Visitou a linda igreja dedicada ao mártir São Lourenço. Toda branca, com colunas em tom de mármore rosa, aquela matriz parecia acolher os visitantes.

No parque foi a todas as fontanas, mas tomou apenas água Vichy, da qual gostava muito. Entrou no balneário e ficou deslumbrada com sua decoração interna e os tratamentos de saúde ali oferecidos.

O parque era lindo: as fontanas, o balncário e o pavilhão brancos contrastavam com o verde dos canteiros, onde cresciam flores bem cuidadas. Um lago azul abrangia uma grande área do parque e nele deslizavam patos e marrecos ao lado dos barcos, transmitindo uma sensação de serenidade aos veranistas. Dona Lola alugou um pedalinho e, com a ajuda de um funcionário, conseguiu chegar à ilha dos Amores no centro do lago, ninho de dezenas de garças, que pintavam de branco os galhos verdes de árvores frondosas.

Mas no terceiro dia acabou a festa. O táxi contratado veio buscá-la. Ela deveria retornar a sua cidade, Itajubá.

Despediu-se dos funcionários, levando consigo ótimas lembranças e muitas fotografias para mostrar à filha, às netas e amigas.

\* \* \*

Existem dois caminhos que ligam a cidade de São Lourenço a Itajubá: passando pela cidade de Pedralva – que tem esse nome devido a um dos pontos culminantes no município, a serra da Pedra Branca – ou pela cidade de Maria da Fé, que se localiza a 1.258 metros de altitude.

Dona Lola escolheu o segundo trajeto. Gostava de admirar os cumes das montanhas, que pareciam tocar as nuvens.

Para atingir a cidade de Maria da Fé, os viajantes passaram pela cidade de Cristina. Esse município mineiro foi assim batizado no século XIX em homenagem à imperatriz Tereza Cristina Maria de Bourbon, esposa de Dom Pedro II.

Subindo mais e mais a Mantiqueira, chegaram a Maria da Fé.

Na cidade altaneira, dona Lola visitou algumas amigas e depois foi à igreja matriz. Pintada pelos irmãos Pietro e Ulderico Gentilli em 1940, esse templo possui uma arquitetura interessante. Além da abside, a nave é também formada por nichos, maiores no centro e menores nas laterais. Entre os belíssimos quadros sacros, destaca-se, do lado direito do altar-mor, a aparição de Nossa Senhora de Lourdes a santa Bernadete.

Saindo da matriz de Nossa Senhora de Lourdes, dona Lola pediu ao motorista, senhor Maurício, que a conduzisse à estrada do pico da Bandeira, ponto mais alto do município, pois pretendia tirar algumas fotos das montanhas. Fizeram parte do trajeto e pararam em um lugar com uma vista privilegiada.

Dona Lola olhou ao redor. Estava em um ponto bem alto da Mantiqueira. À sua volta dezenas de elevações baixas, algumas arredondadas, outras com picos salientes. Ao longe se descortinavam as mais altas, algumas recobertas por vegetação e arvoredo, outras por árvores esparsas, outras, ainda, quase nuas, despidas de sua cobertura original. E tinha também aquelas representadas por saliências rochosas. As cores se diversificavam: verde amarelado em algumas, tom cinzento nas pedreiras e uma variedade de verdes – claro, musgo e escuro – nas lindas colinas recobertas por árvores. Nas regiões onde o sol incidia mais forte, o verde era resplandecente como uma esmeralda.

A velha senhora estava extasiada.

– Como é linda a Mantiqueira! E olhe, senhor Maurício, os picos mais distantes parecem ser azuis. Parece que furam as nuvens com seus cumes e com elas se misturam. Mas veja aquela serra lá, muito distante, no nosso horizonte, ela se mistura com as nuvens. E é azul, do mesmo tom do céu.

O motorista olhou para o lugar apontado pela senhora.

– Desculpe-me, dona Lola, mas, se a senhora firmar bem a vista, verá que não é do mesmo tom do céu. Olhe bem, existe uma pequena diferença de tom, bem pequena, mas existe.

Dona Lola tirou e recolocou os óculos e firmou a vista no ponto indicado.

– Sabe que o senhor tem razão? Existe uma diferença, bem pequena, mas existe. – E quase eufórica: – É isso, meu amigo, como não percebi antes? Uma diferença pequena, mas existe. É esse o ponto, a pequena desigualdade de tons. Só que agora estou mais confusa do que antes.

O motorista não entendeu a estranha reação de sua passageira, mas achou que ela deveria estar muito cansada.

– Vamos prosseguir com nossa viagem?
– Vamos, sim.
Sorrindo, a velha senhora se acomodou no banco detrás do automóvel.

\* \* \*

Dona Lola morava sozinha no oitavo andar de um prédio no centro da cidade. Sua família era pequena: filha, genro e duas netas que residiam em um bairro próximo, denominado Morro Chique.
Logo que chegou foram vê-la.
– Gostou do passeio, vovó?
– Não imagina quanto! Foi o melhor presente de aniversário que ganhei em minha vida.
– Mas ainda temos outro presente para a senhora.
– Mais ainda?
– É um bolo que mandamos fazer. Amanhã vamos chamar suas amigas e vizinhas para a comemoração.
– Vocês não existem! Eu adoro as duas!

\* \* \*

Dona Lola assoprou as 72 velinhas do bolo. Em seguida mostrou a todos os participantes da festinha as fotos do passeio. Narrou todas as aventuras e a proeza de ter conversado com o casal milionário. Só se absteve de contar o fato de a rainha da Skintouch não tê-la reconhecido. Não fora um fato agradável, por isso resolveu não falar a respeito.

\* \* \*

Alguns dias se passaram. Dona Lola havia retornado a sua rotina diária e já nem se lembrava mais dos hóspedes importantes que cumprimentara naquele hotel em São Lourenço.

Estava distraída, sentada em frente à TV, quando começaram a noticiar um desaparecimento. Aumentou o som.

– Está desaparecida há três dias a senhora Regina Maria Mota Cavalcante, conhecida como rainha da lingerie Skintouch. Ela saiu de seu apartamento em Copacabana para um salão de beleza no sábado de manhã e desapareceu. O automóvel que dirigia, de sua propriedade, foi achado vazio em um estacionamento às margens da lagoa Rodrigo de Freitas. O marido não conseguiu localizá-la e pediu auxílio à polícia carioca. As buscas continuam, mas não se tem notícias da empresária.

Dona Lola estremeceu. Que horror! Olhou para o calendário: sábado, 7 de março de 2015. Ela cumprimentara a senhora Regina havia exatamente uma semana.

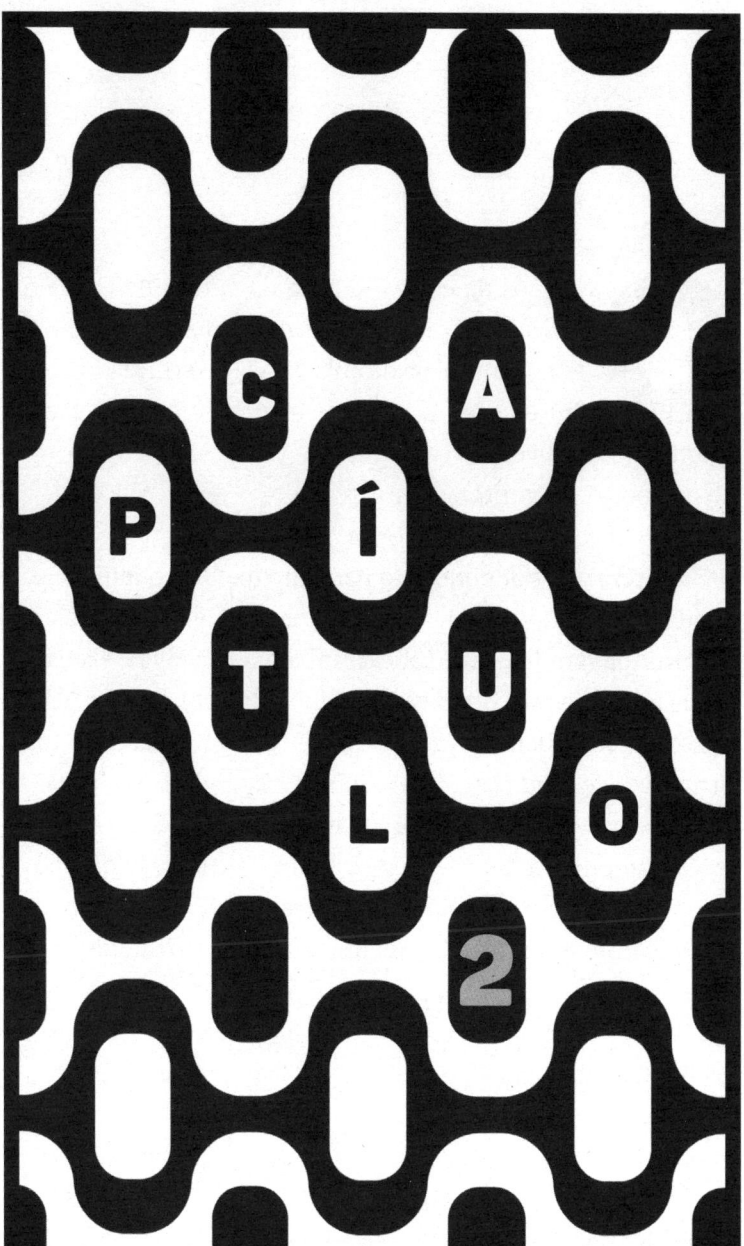

CAPÍTULO 2

*Novembro de 2013.*

Os alunos da escola técnica da cidade de Cruzeiro, em São Paulo, saíram da sala alegres, conversando. Era o último dia de aula. Haviam terminado muito bem o curso técnico de eletrônica e agora seguiriam destinos diversos.

Roberto perguntou a Carlos:

– Você vai cursar o superior?

– Creio que por enquanto não, amigo. Quero muito continuar meus estudos, mas por ora preciso trabalhar para ajudar minha família. Você sabe, minha mãe é viúva e ela e minhas irmãs vivem com bastante dificuldade financeira. Além disso, fiquei sabendo, através de meu amigo Tadeu, que uma firma conceituada no Rio de Janeiro está oferecendo vagas para rapazes dispostos a trabalhar com colocação de alarmes e videomonitoramento. Eles só admitem pessoas que possuam, pelo menos, diplomas de nível médio e razoável conhecimento na área, pois executam um serviço diferenciado. Vou tentar esse emprego e, mais tarde, pretendo cursar o superior. E você vai ficar aqui mesmo em Cruzeiro?

– Acho que sim.

\* \* \*

A firma Alarmes e Segurança Ltda. sediava-se à rua Voluntários da Pátria, em Botafogo, no Rio de Janeiro. Pertencia a dois irmãos que haviam começado com uma pequena empresa, que crescia dia a dia, devido ao excelente serviço que prestava aos clientes.

\* \* \*

*Agosto de 2014.*
Carlos trabalhava há vários meses. Estava muito satisfeito. Conseguia sobreviver e ainda ajudava um pouco sua família. Seus patrões estavam gostando de seu desempenho e dedicação, por isso o escolheram para atender ao chamado do síndico de um condomínio de luxo em Copacabana. O rapaz, acompanhado de um colega, dirigiu-se à avenida Atlântica, no posto seis, onde se situava o prédio em questão. Era um edifício muito bonito, embora antigo, com apartamentos amplos, apenas um por andar.

O síndico que os recebeu explicou-lhes que os condôminos não estavam satisfeitos com o videomonitoramento que possuíam e queriam algo mais seguro e eficiente. Assim, ele havia procurado uma firma de renome e por isso os rapazes ali estavam.

– Pode ficar tranquilo. Vamos colocar um serviço de alto nível, com detalhes que só a Alarmes e Segurança oferece.

– Fico feliz. E tem mais uma coisa. Na cobertura deste prédio mora um empresário muito importante, e ele quer que o monitoramento da portaria apareça em um de seus computadores.

– Ele vai gostar do nosso trabalho.

O porteiro interfonou para o apartamento no 12º andar e Carlos subiu para verificar o serviço que seria feito lá, enquanto seu colega estudava a colocação dos monitores e alarmes na portaria.

Quando a porta se abriu, Carlos se viu diante de uma bela moça que o cumprimentou sorrindo.

– Entre, por favor, meus patrões querem este apartamento a salvo de qualquer perigo.

O rapaz ficou imóvel por alguns instantes. O sorriso, o magnetismo e a beleza daquela moça o deixaram meio anestesiado.

– Não vai entrar? Acompanhe-me, por favor.

O rapaz atravessou um luxuoso hall de entrada e se viu em uma grande sala, composta por três ambientes. Parou para olhar aquela decoração primorosa.

– É logo aqui, no estúdio após esta sala. Está vendo aquele monitor em cima do console? É ali que o patrão quer que apareça o movimento da portaria, porque fica ao lado da copa e eu posso olhá-lo de vez em quando.

– Qual sua função nesta casa?

– Sou governanta e cozinheira.

– E você dá conta das duas funções?

– Não é muita coisa. Meus patrões não almoçam em casa. Só tenho mesmo bastante serviço quando recebem amigos aqui. Mas, nesse caso, convoco a faxineira para me ajudar.

Carlos terminou o serviço e a moça lhe ofereceu um suco.

O rapaz não cansava de admirar a beleza da moça, que se apresentou como Ana Lúcia.

– Gostaria de sair comigo à noite?

– Não costumo me deitar tarde porque levanto bem cedo para organizar meu serviço.

O moço não desanimou.

– Poderíamos tomar uma água de coco no quiosque aqui em frente. As noites têm estado tão frescas e agradáveis.

– Aceito, então. Mas veja bem, apenas como amiga.

– Está bem, como amigos.

* * *

Carlos esperava ansioso na mesa do quiosque. Já olhara para o relógio inúmeras vezes.

Eram 20h30 quando ela surgiu, cabelos castanhos soltos nos ombros, a tez clara contrastando com os olhos negros, o corpo bem feito realçado por um vestidinho estampado de alça, bem de acordo com o verão.

– Que bom, você veio. Está linda!

– Você também me parece muito bem.

O moço sorriu. De estatura acima da mediana, a tez morena e os olhos esverdeados, ele sabia que era um rapaz bonito.

Conversaram bastante. Ana Lúcia contou que se formara em Gastronomia e que estava procurando um restaurante para trabalhar quando se deparou com o anúncio no jornal, procurando uma governanta que soubesse cozinhar bem. O salário oferecido era muito bom e ela aceitara. Carlos, por sua vez, disse que vivia no interior do estado de São Paulo, porém viera para o Rio a fim de trabalhar e estava também muito satisfeito com seu emprego. Falaram de seus planos futuros e de suas famílias; Ana Lúcia morava com seus padrinhos, que considerava como verdadeiros pais, na Tijuca, e sempre que tinha folga ia vê-los. Carlos externou seu desejo de voltar a estudar. Queria fazer o curso superior de Ciência da Computação para crescer profissionalmente.

Quando se despediram, pareciam velhos amigos. O moço segurou os ombros de Ana Lúcia com ternura e quis beijá-la. Ela se afastou.

– Combinamos que seríamos amigos.
– Está bem, fazer o quê? Amigos.

Os jovens voltaram a se encontrar. Conversavam no quiosque, iam a cinemas e barzinhos. Sempre como amigos. O rapaz tentou mais duas aproximações, mas viu seus desejos frustrados.

No final de novembro, ele comunicou à amiga que teria férias e iria passar o Natal com a família em Cruzeiro. Convidou-a para ir junto.

– Infelizmente não posso. Só vou ter férias em janeiro.

Despediram-se afetuosamente, prometendo que voltariam a se encontrar em 2015.

* * *

Quando retornou ao Rio, Carlos não ligou para sua nova amiga. Não se sentia com coragem. Pensara demais no relacionamento de ambos durante as férias. Pensara em como era difícil para ele estar perto de Ana Lúcia sem poder acariciar seu cabelo ondeado, sem segurar suas mãos, sem ao menos abraçá-la. Não entendia o posicionamento da moça. Ela parecia gostar dele, gostar de sua companhia, porém não aceitava qualquer afago, qualquer expressão de carinho. E ele sofria, sofria muito com aquela situação, por isso não fez qualquer ligação para ela. Às vezes se via com o celular na mão, olhando a fotografia dela sorrindo tão suavemente que parecia estar falando com ele. Ia apertar o botão, mas desanimava. *Vou esperar para ver se ela me chama.*

Assim transcorreu o mês de janeiro. Em fevereiro ele começou a estudar à noite. Não tinha mais tempo para nada. Saía do serviço, tomava um banho correndo e ia para a faculdade. Estava empolgadíssimo com o curso superior de Ciência da Computação.

\* \* \*

Foi numa tarde, em meados do mês de março. Ele estava trabalhando quando o celular soou. Olhou e sorriu feliz. Do outro lado, Ana Lúcia estava quase chorando.

– Você não é mais meu amigo?
– Claro que sou.
– Não me ligou mais.
– Depois eu explico por quê.
– Carlos, eu estou desesperada, preciso demais conversar com você. É urgente!

Ele ficou apreensivo.

– O que aconteceu?
– Você não sabe? Está nos noticiários, nas redes sociais.
– Mas o quê?
– Minha patroa, Carlos, ela sumiu.
– Mas como assim? Sumiu como?
– Eu estou muito nervosa, você não quer vir conversar comigo hoje?
– Olha, por sorte estou aqui em Copacabana. Me dê quarenta minutos para eu terminar meu serviço e já vou aí.
– Está bem. Vou esperá-lo no quiosque. Prefiro conversar lá.

\* \* \*

A moça estava bastante nervosa e deu um abraço em Carlos. O rapaz sorriu; era a primeira vez que ela o abraçava.

– O que houve, Ana Lúcia? Você me pareceu tão aflita.

– Ai, Carlos, aconteceu uma coisa horrível. Foi no sábado, há dez dias. Dona Regina saiu para o cabeleireiro em Ipanema e não voltou mais.

– Como assim, não voltou?

– Não sei, meu amigo, ela sumiu.

– E a polícia, o que diz?

– Bom, pensaram em sequestro, mas até hoje não houve nenhuma ligação.

– Que estranho.

– E o pior é que dois investigadores foram olhar o apartamento e me cercaram de perguntas.

– Calma, amiga – disse Carlos, segurando as mãos da moça, que aceitou o carinho. – É a função deles interrogar todas as pessoas que estão ligadas à sua patroa. É assim mesmo.

– Mas eles me fazem perguntas de um modo estranho. Parece que sou culpada ou estou escondendo alguma informação.

– É a maneira de eles trabalharem. Não se preocupe, querida. E qualquer coisa que precisar, seja que hora for, pode me ligar.

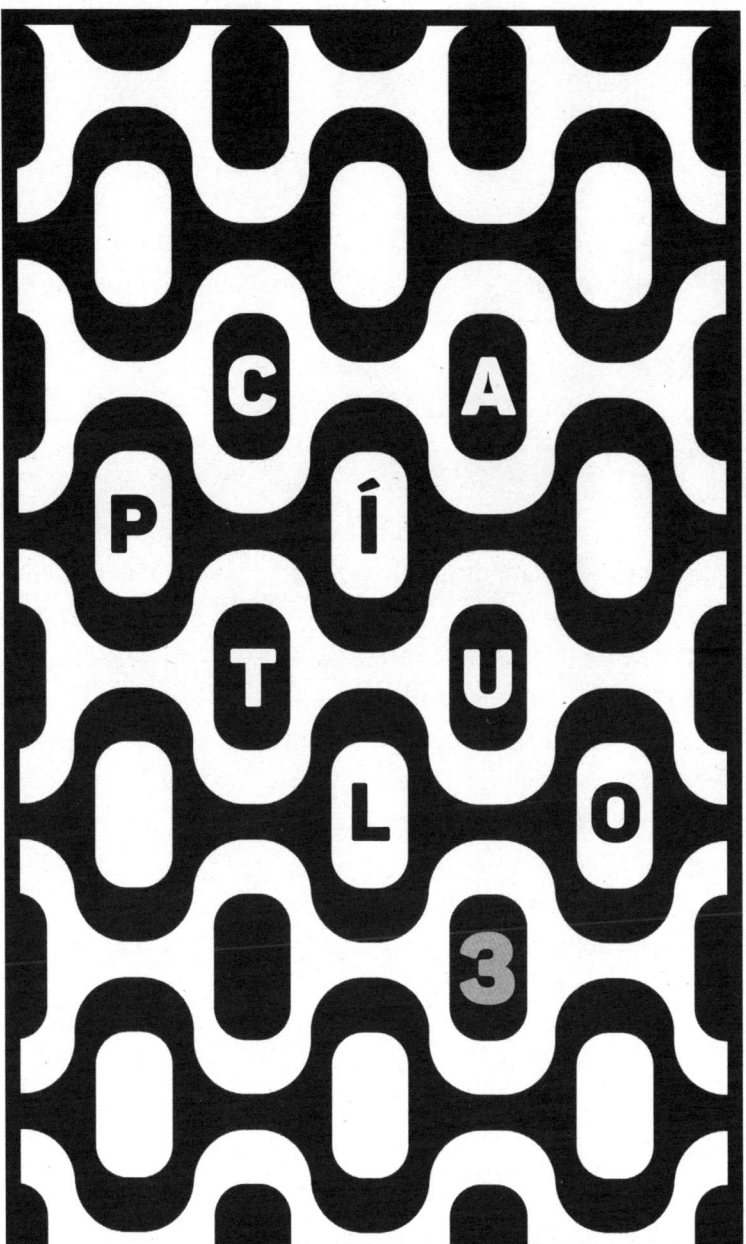

O proprietário da Skintouch cumprimentou o delegado Percival, que fez um sinal para que ele se sentasse.

– Descobriu alguma pista, doutor?

– Nós estamos tentando, mas necessitamos de mais esclarecimentos.

– Pois não.

– O senhor havia nos dito e sua governanta reafirmou que sua esposa saiu num sábado cedo para um salão de beleza em Ipanema.

– É verdade, senhor. Pode checar.

O policial deu-lhe um sorriso.

– Já procuramos saber. A senhora Regina Maria é cliente desse salão. O que queremos apurar é o porquê de ela não ter ido ao Estúdio de Beleza naquele dia. O senhor sabe o motivo? Ou desconfia?

– Não. Minha esposa é um pouco volúvel.

– Está bem, mas por que ela foi para a orla da Lagoa? Ela tinha alguém por lá, alguma amiga?

– Não que eu saiba.

– É estranho.

– Ela pode ter sido assaltada e coagida a parar naquele lugar.

– A perícia está examinando o automóvel que encontramos à beira do lago. Vamos esperar o resultado técnico.

Mas eu gostaria de saber onde o senhor estava no sábado de manhã.

– Bem, eu me levantei cedo e saí para caminhar na orla. Depois fui para nossa loja na Nossa Senhora de Copacabana.

– E como soube que sua esposa não fora ao salão de beleza?

– Nossa governanta me ligou.

– E o que o senhor fez?

– Bom, liguei para nosso atacado no Botafogo e para todas as nossas lojas. Enfim, procurei bastante em todos os lugares prováveis e, como não a localizei, achei prudente avisar a polícia.

– Diga-me uma coisa: o senhor notou algo estranho no comportamento de sua esposa nesses últimos tempos?

– Ela me disse que estava cansada. Eu a aconselhei a ir ao médico, mas ela preferiu passar alguns dias em nossa casa em Petrópolis.

– Onde fica essa casa? Tem alguém lá? Um caseiro?

– Tem sim, um caseiro e uma empregada.

– Vamos conversar com eles. O senhor ficou em Petrópolis com ela?

– Não. Eu só me encontrei com ela lá e fomos passear no sul de Minas. Ficamos dois dias em Poços de Caldas, um em São Lourenço e três em Caxambu.

– Em que hotéis se hospedaram?

– Em Poços ficamos no Serra Azul Hotel; em São Lourenço, no Castelo da Montanha; e em Caxambu, no Esplanada.

– Sua esposa tem algum parente próximo ou amiga com quem possamos conversar?

– Bem, ela é filha única. Que eu saiba, tem apenas dois primos que moram em São Paulo. Mas não temos contato com eles.

– O senhor já passou a foto de sua esposa à polícia, certo?

– Passei, é claro, mas tenho outra melhor aqui.

O depoente entregou ao delegado um retrato de corpo inteiro de sua esposa.

– Esta está boa – disse o policial, colocando a foto na pasta com os demais documentos da senhora Regina. E voltando-se para o depoente: – Bom, por hoje é só.

– Por favor, delegado, encontre minha esposa.

– Estamos tentando...

Assim que o proprietário da Skintouch saiu, o delegado perguntou ao assistente, que digitara a entrevista:

– O que você achou, Alcimar?

– Acho que está tudo normal.

– Está bem. Convoque a governanta, quero escutá-la pessoalmente.

* * *

Pouco mais tarde, doutor Percival, sentado em um café em frente à delegacia, refletia, com uma xícara na mão:

*Coitado desse senhor Paulo. Parece-me muito abatido e triste com o desaparecimento da esposa.*

"Vamos fazer o possível para encontrá-la", lembrou-se do que prometera, tirando a foto de dona Regina do bolso do paletó. "Parece uma pessoa simpática e muito bonita."

De fato, nas mãos do doutor Percival havia uma foto de uma senhora de 48 anos, cabelos loiros abaixo dos ombros, olhos claros, fisionomia delicada e corpo bem proporcionado.

O delegado reiterou a si mesmo:
– Vou fazer o possível para encontrar esta senhora.

* * *

O sábado amanheceu quente, um sol radioso brilhando num céu límpido. Ana Lúcia não iria trabalhar nesse dia, porém não foi para a casa dos pais. Permaneceu em Copacabana e foi para a praia se encontrar com Carlos.

Mar calmo, praia repleta de banhistas. Copacabana, como sempre linda, com suas ondas nas águas do Atlântico e no calçadão. Os amigos conversaram bastante e só não se distraíram mais porque a moça parecia apreensiva.

– Fui convocada a depor na delegacia e isso me deixa nervosa.

– Não tem que ficar nervosa, nem mesmo preocupada. Você vai e apenas diz a verdade. Vai dar tudo certo.

Ana Lúcia abraçou o amigo com ternura.

– Como você está me ajudando!

* * *

Ana Lúcia estava sentada em frente ao doutor Percival. *Moça bonita*, aquilataram em silêncio e mutuamente delegado e assistente.

– Olá, senhorita. Conte-nos o que realmente aconteceu no sábado, dia 7 de março, em que sua patroa desapareceu.

A moça refletiu por alguns instantes.

– Bom, ela me disse que não precisava levar o café para ela na cama. Podia deixar na mesa da copa e que eu deveria ir à feira comprar algumas frutas.

– A que horas foi isso, senhorita?

– Bom, não sei exatamente, mas acho que deviam ser nove horas, porque eu me levantara já havia um bom tempo.

– E quem a avisou do desaparecimento de dona Regina?

– Quando retornei da feira, o telefone estava tocando. Era do salão de beleza, perguntando se a dona Regina não iria naquele dia.

– Eles ligaram?

– Sim, porque minha patroa era uma cliente antiga e costumava ir todos os sábados quando estava no Rio.

– E o que a senhorita fez?

– Primeiro tentei várias vezes ligar no celular dela. Como ela não atendia, achei prudente avisar o senhor Paulo.

– Ele não estava em casa?

– Não, ele saiu um pouco antes de mim.

– A senhorita o viu sair?

– Vi.

– Lembra-se de que horas eram?

– Penso que umas oito e meia.

– Como estava sua patroa quando falou para a senhorita ir à feira?

– Não a vi. Ela falou comigo através de um interfone que liga o quarto dos patrões à cozinha.

– Interessante. Ela disse que iria sair?

– Sim, ela falou que iria ao salão de beleza.

– E quando ela se levantou, a senhorita não a viu?

– Eu já havia saído.

– Quando viu sua patroa pela última vez?

– Na sexta-feira à noite, véspera do sábado em que ela sumiu.

– E como foi isso? O que conversaram?

— Na verdade, quase não conversamos. Ela apenas me cumprimentou. Não me lembro bem, mas acho que disse apenas oi.

— Mas e antes, não haviam conversado?

— Bom, eu tirei férias no mês de janeiro. Quando voltei, no início de fevereiro, não me encontrei com minha patroa. Ela havia ido para Petrópolis. Acho que permaneceu lá o mês todo. Apenas o patrão estava no Rio e falava comigo, geralmente à noite, quando vinha jantar em casa. Dava-me também o dinheiro necessário para a despesa, pagamento de contas etc. Ele me disse que ele e a senhora Regina Maria iriam passear no sul de Minas.

— Retornaram na sexta-feira à noite?

— Isso mesmo.

— Mas a senhorita achou que ela estava com boa aparência? Parecia estar muito cansada ou transtornada?

— Acho que não, ou, se estava, não prestei atenção.

A moça refletiu por alguns segundos.

— Acho que ela estava bem, senão eu teria notado.

— A senhorita gosta ou gostava de sua patroa?

— Gosto muito. Dona Regina Maria é uma patroa bondosa e educada.

— E nesse dia, na sexta-feira à noite, não notou nada de extraordinário no comportamento dela?

— Eu a vi poucos minutos, porque o casal se deitou logo após sua chegada.

— Então não notou nada de estranho?

— Bom, notei apenas uma coisa, mas não sei se é importante, sabe, é coisa de mulher.

– Tudo é importante para nós, senhorita Ana Lúcia. Pode dizer sem acanhamento. O que foi?

– Bom, dona Regina costumava usar sapatos baixos, ou com pequenos saltos. Saltos altos só usava quando ia a festas ou eventos.

– E...?

– Naquela noite ela chegou com uma sandália de salto bem alto.

– Não tinham ido a algum evento importante?

– Aí é que está. Ela não estava vestida para uma festa e creio que não teria dado tempo mesmo de ir a algum evento. Usava um vestido simples, de malha, por isso estranhei o sapato de salto.

– Compreendo – respondeu o delegado, com uma fisionomia desanimada. *Mulher presta atenção em coisas tão banais*, pensou, tomando o cuidado de não dizer. Agradeceu polidamente a ajuda da moça e a liberou.

* * *

Doutor Percival chegou cedo à delegacia. Encontrou Alcimar eufórico.

– Caiu da cama, companheiro?

– Estava esperando o senhor chegar porque acho que descobrimos o que de fato ocorreu com a rainha da lingerie.

– Descobrimos como?

– Lembra da pesquisa que o senhor encomendou, para checar as contas bancárias da senhora Regina Maria? Já tenho as respostas.

– Que bom.

O delegado sentou-se em sua poltrona e fez um gesto ao seu assessor para se sentar também.

– Conte-me tudo detalhadamente.

– No sábado em que a milionária sumiu, não houve nenhuma retirada de dinheiro de sua conta bancária. Ela concentra sua conta e aplicações individuais em um só banco e isso facilitou nosso trabalho.

– E...

– Pois bem, na segunda-feira seguinte foram descontados oito cheques com a assinatura da senhora Regina Maria, em oito agências desse banco aqui no Rio de Janeiro. O que nos leva a crer que ela foi sequestrada e obrigada a assinar esses cheques.

– Mas os sequestradores poderiam tê-la levado ao banco e ela retiraria o dinheiro do caixa eletrônico.

– Já pensei nisso. Acho que ficaram com medo de a senhora ser reconhecida por alguém. E para sacar dinheiro nos caixas eletrônicos só poderia ser ela, por causa da digital.

– E conseguiram descontar os cheques?

– Foram cheques de pouco valor, justamente para não levantar suspeitas.

– Entendo, por isso vários cheques. Certo, mas os caixas bancários não pediram identificação da pessoa ou pessoas que descontaram os cheques?

– Pediram.

– E?

– Todos foram descontados pela mesma pessoa, que apresentou seus documentos. Um sujeito chamado Ernesto Costa.

– Conseguiram localizá-lo?

– O último endereço ligado ao CPF do meliante é um barraco na favela do Morro Azul, no Flamengo.

– E o que você está pensando a respeito do assunto?

– Chegamos à conclusão de que foi sequestro e ela pode estar viva ainda.

– É, pode estar. Talvez estejam planejando um golpe financeiro sobre a firma.

– Acho que assim ficam afastadas as hipóteses que levantamos no início, de uma perda temporária de memória ou mesmo de uma completa loucura.

– Precisamos ir imediatamente a esse barraco, pois, se estiver viva, a pobre mulher pode estar sofrendo nas mãos dos meliantes. Apesar de que já podem estar longe daqui.

O delegado levantou-se e chegou perto da janela. Precisava respirar.

# CAPÍTULO 4

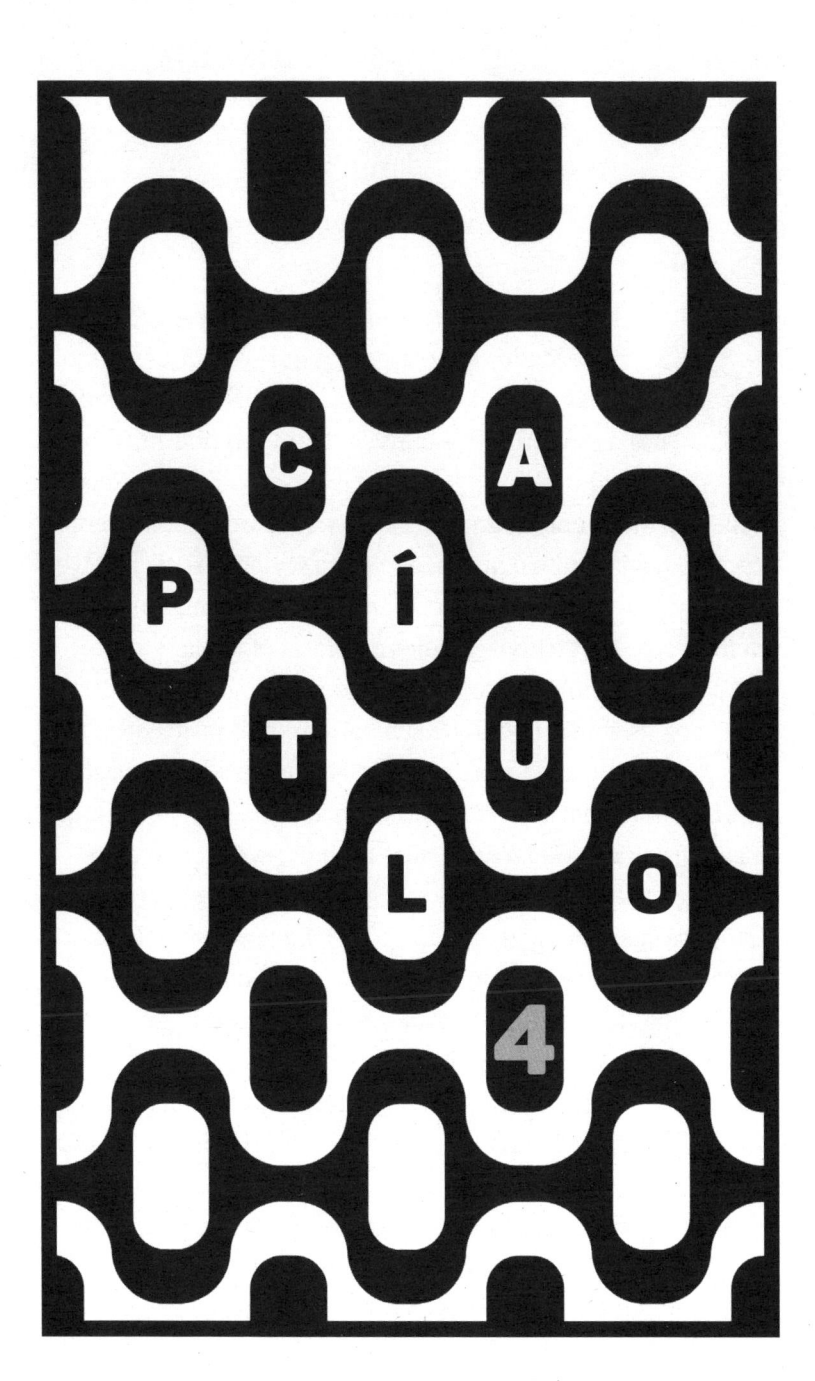

**A**na Lúcia estava sentindo falta de sua patroa. É verdade que ela pouco parava em casa, mas, quando estava presente, dava as diretrizes para a governanta e conversavam um pouquinho.

*A casa está vazia, esquisita sem a presença de dona Regina*, refletia a moça enquanto arrumava o apartamento. Na verdade, não havia muito o que fazer e, para se distrair, ela resolveu polir a prataria da casa. Cobriu a mesa da copa com uma toalha velha e colocou todos os objetos de prata sobre ela.

Enquanto polia samovares, bandejas e jogos de chá, pensava no desaparecimento de sua patroa. *Que coisa mais estranha. E a polícia ainda não descobriu os sequestradores, que também não entraram em contato. Coitada da dona Regina! Acho que eles pensam que ela teve um surto e sumiu, pois aquele delegado me perguntou se eu achei que ela estava transtornada. Eu devia ter dito a ele que dona Regina é uma pessoa muito sensata. É ou era? Ai, que horror, já não sei mais. Espero que ela continue viva.*

Enquanto trabalhava, Ana Lúcia ligou a tela do estúdio conectada à entrada do prédio e pela porta aberta ia acompanhando o movimento. De repente, algo na tela lhe chamou a atenção. Largou o serviço e aproximou-se do monitor. Ficou aterrorizada com o que se passava na portaria. Dois homens encapuzados apontavam uma arma para o porteiro, que tentou acionar um botão que soaria na Alarmes e Segurança, mas um dos bandidos lhe desferiu uma coronhada na cabeça e ele pareceu ter desmaiado sobre sua mesa. Ana Lúcia olhou bem a entrada do prédio; estava vazia. Apenas os dois bandidos e o porteiro desmaiado.

– Meu Deus, será que vão subir nos apartamentos?

Um dos homens se dirigia para o elevador. A moça tremia. *Tenho de agir depressa. O que faço primeiro?* Num impulso, correu até a porta da sala que estava fechada só com a chave usual e trancou as duas chaves tetra.

Em seguida tentou ligar para o patrão. O telefone estava mudo. Nisso a campainha soou, Ana Lúcia tremia.

*Eles estão aqui na cobertura.* Desesperada e sem conseguir raciocinar direito, tentou ligar para a polícia, uma, duas vezes. Então compreendeu a extensão da tragédia. Haviam desligado a rede telefônica do prédio.

Começaram a forçar a fechadura. Ela trancou a porta do estúdio. *Vou pedir socorro do celular.* Só então se lembrou de que deixara o celular na sala. *O que vou fazer?* Nesse momento lembrou-se de Carlos ter dito que, na parte posterior do monitor do estúdio, havia um botão que soava na Alarmes e Segurança. Começou a procurar. *Onde está esse bendito botão? Eu devia ter prestado mais atenção à explicação do Carlos.* Aflita, foi apalpando a parte posterior do monitor. De repente um bipe começou a soar e na tela apareceu uma luz pulsante de cores alternadas entre vermelho e azul. *Consegui, felizmente consegui.* Ficou feliz por alguns segundos, mas depois voltou ao desespero. Não daria tempo de chamarem a polícia... Os bandidos haviam arrombado a porta de entrada.

Ela escutou vozes no hall. Correu para a cozinha. *Só tenho uma saída: escapar pela área de serviço. Mas e se houver outro bandido do lado de fora desta porta? Meu Deus, me dá uma luz!* Saiu para a área e trancou a porta de comunicação com a cozinha. Nesse instante o bipe parou de soar. *Eles devem ter desligado o alarme.* Não teve outra alternativa. Seguiu para o corredor do prédio.

Sentiu que alguém tampava sua boca e suas pernas amoleceram.

* * *

O carro da polícia subia uma das ladeiras da comunidade Morro Azul. Nos bancos da frente, o motorista e o delegado Percival. Atrás, Alcimar e mais dois policiais armados. Rodaram vários metros e pararam. Daquele ponto em diante teriam que caminhar a pé por uma escadaria. Subiram vários degraus; o calor naquela manhã estava abrasante e eram apenas onze horas. Doutor Percival parou e enxugou a testa.

– Ainda falta muito, Alcimar?

– Alguns degraus, doutor. Eu bem que sugeri que deixasse por nossa conta, mas o senhor quis vir.

– Vamos continuar subindo.

Doutor Percival era um delegado correto e preocupado com seu trabalho, mas seus 55 anos já estavam lhe pesando.

Após galgar mais algumas dezenas de degraus, pararam em frente ao barraco em que supostamente morava Ernesto.

Os policiais empurraram a tosca porta de madeira e entraram, empunhando suas armas. Assim que a porta foi aberta, um bafo horrível, mistura de bolor e sujeira, lhes atingiu o olfato. No cômodo havia apenas um fogão enferrujado em um canto. Do teto respingavam gotas de água, que se acumularam no telhado em virtude de uma tempestade na véspera, o que levou os policiais a compreenderem a razão do mofo.

Havia mais dois cômodos. Um quarto, com um colchão imundo no chão, e um minúsculo banheiro igualmente sujo, com uma pia da qual fora retirada a torneira. Enquanto seus homens buscavam algum indício de prova naquele tugúrio, o delegado desceu alguns degraus da escadaria externa. Parou diante de um barraco bem-cuidado, com melhor aparência do que o anterior. Bateu na porta e uma moradora apareceu.

– Bom dia, senhora, preciso de uma informação. Pode me ajudar?

– Depende...

– Sabe se há algum morador na casa de cima?

A mulher olhou para cima e se assustou com um dos policiais armados que saíra da casinhola.

– Sei nada não, senhor.

– Não precisa ter medo. Só preciso mesmo saber se alguém esteve nesta casa nos últimos dias.

– Bom, eu não vi ninguém. Acho que a casa "tá" abandonada.

– Obrigado. É só isso.

O delegado se afastou. A resposta da mulher só reforçou sua convicção de que seria quase impossível alguém estar morando naquele pardieiro, completamente desprovido de móveis e objetos, sem pelo menos uma torneira de água.

Subiu novamente a escadaria e se juntou aos demais. Alcimar o esperava com um invólucro nas mãos.

– Achamos dois fios de cabelo loiro no colchão.

Doutor Percival olhou para ele meio incrédulo. Parecia quase impossível dona Regina Maria ter se deitado naquele colchão. Mas respirou fundo e disse para o outro:

– Vamos levar para comparações.

* * *

Ana Lúcia sentiu que iria desmaiar quando Carlos lhe sussurrou ao ouvido:

– Não grite, não faça nenhum ruído e venha comigo.

E arrastou Ana Lúcia, meio desfalecida e espantada, para a escadaria do prédio. Haviam descido alguns degraus quando ouviram a porta da cozinha se abrindo. Pararam e se encostaram na parede, mas perceberam que dois vultos se encaminhavam para o elevador. Ficaram imóveis por alguns minutos. Quando o rapaz calculou que dera tempo para o elevador ter alcançado a portaria, segurou a moça pela mão e desceram dois andares. O moço olhou para os lados e, como não enxergou pessoa alguma, arrastou Ana Lúcia, perplexa, para a porta de serviço do apartamento 10 e entraram na cozinha.

Em seguida correu até um monitor na parede lateral e o ligou. Selecionou as imagens da garagem a tempo de enxergar os encapuzados fugindo pelo portão.

Ana Lúcia, espantada e meio zonza, conseguiu murmurar:

– O que é isso, Carlos? O que estamos fazendo no apartamento do síndico?

– Eu estava aqui, arrumando este aparelho, quando escutei o bip no 12º andar; saí correndo escada acima e parece que cheguei a tempo de salvá-la, não acha?

– Você estava no prédio? Foi por isso que conseguiu me ajudar. Foi um milagre, oh, meu Deus, eu fui praticamente salva por um milagre!

A moça começou a chorar. O rapaz a abraçou com ternura.

– Depois lhe explico melhor. Vamos para a portaria ajudar o porteiro?
– Claro.
Desta vez desceram pelo elevador. Quando chegaram à portaria, o síndico estava lá, acudindo o porteiro.
– Já chamei uma ambulância. Mas de onde estão vindo?
– E voltando-se para Carlos: – Eu o deixei arrumando meu sistema de monitoramento e saí por alguns minutos, e ao voltar encontrei o porteiro nesse estado. Quem o feriu? O que houve?
Carlos acalmou o síndico e lhe contou em rápidas palavras o que acontecera.
– E já comunicaram à polícia?
– Vou avisar agora. Não deu tempo antes.
Assim que Carlos acabou de chamar a polícia, o síndico olhou para ele muito agastado.
– Estou perplexo, senhor Carlos. A Alarmes e Segurança me garantiu que o serviço era perfeito; como o porteiro não enxergou os meliantes entrando no prédio? Esse monitoramento não está perfeito.
– Está sim – retrucou o rapaz. – Olhe como focalizo bem a garagem. Aliás, eu os vi saindo por lá, da cozinha de seu apartamento.
– Mas como o porteiro não os viu entrar?
– Só ele pode responder a esta pergunta, quando ficar bom.
Depois de alguns instantes dois policiais chegaram ao local do crime. Fizeram várias perguntas e subiram para fotografar e apurar o que acontecera no 12º andar.
– Já avisaram o proprietário?

— Eu tentei chamar o senhor Paulo — disse a moça —, mas o telefone não funcionou.

Um dos policiais tentou usar o telefone fixo do apartamento.

— Foi cortado. Vou chamá-lo pelo celular.

O proprietário chegou logo depois. Parecia muito nervoso e preocupado. *Coitado do senhor Paulo*, pensou Ana Lúcia. *Estou com pena dele, mas mesmo assim vou pedir alguns dias de afastamento. Estou com medo de ficar aqui depois do que aconteceu hoje.*

— O senhor sabe a razão de terem tentado entrar em seu apartamento? — perguntou um dos policiais.

— Como poderia saber? Tenho vários objetos de valor aqui, inclusive um cofre. — E virando-se para a moça: — Você está bem? Não a machucaram?

— Estou bem, senhor. Fui salva praticamente por um milagre, mas gostaria de lhe pedir alguns dias de afastamento do serviço, pois estou muito abalada.

— Pode ir. Assim que a polícia liberar aqui, você pode ir.

— A moça está liberada, nós vamos apenas olhar o local do cofre e iremos embora. Mas saibam que todos serão chamados à delegacia para posteriores esclarecimentos. — E virando-se para Ana Lúcia: — Deixe conosco seu endereço. É para lá que vai, certo?

* * *

Alguns minutos depois, Carlos e Ana Lúcia estavam sentados em uma lanchonete.

— Carlos, você salvou minha vida. Eu lhe serei grata para sempre.

O rapaz segurou com ternura a mão da moça sobre a mesa.

– Felizmente eu estava no prédio naquele instante, mas acho que o perigo ainda existe.

– Mas por quê, meu amigo? É verdade que eles podem voltar atrás das joias da dona Regina, porém eu não pretendo voltar para aquela casa. Já estava achando muito triste permanecer lá sem a minha patroa. Depois do que aconteceu, tomei a decisão. Vou avisar que sairei definitivamente.

– Você faz bem. – Fez uma pausa. – Não fique assustada, mas eu preciso lhe dizer uma coisa.

– Assim fico mais apavorada ainda. O que é, Carlos?

– Onde fica o cofre?

– Em um dos quartos.

– Do lado oposto à copa, não é?

– É, do outro lado.

– Eles não foram para lá, foram para o estúdio e para a cozinha, não foi?

– Já pensei nisso. Mas certamente foi porque eu liguei o alarme.

– Pode até ser. Mas você não acha muito estranho eles entrarem pela garagem, sem serem vistos ou sem o alarme soar? O sistema da Alarmes e Segurança é perfeito.

– É estranho. Deviam estar em conluio com algum dos empregados do prédio. Mas, como lhe disse, não pretendo voltar para lá.

– Eu acho, minha amiga, que eles não estavam atrás de cofre nenhum.

– Não?

– Creio que queriam pegar você.

– Eu? Que absurdo, Carlos, por que eu?

– Você deve ter dito alguma coisa no depoimento que fez à polícia da qual alguém não gostou.

– Mas, Carlos, pense bem. Como poderiam estar a par do que eu disse na delegacia?

– É, não poderiam. A não ser que alguém da polícia esteja mancomunado com os sequestradores de sua patroa, ou talvez eles pensem que você saiba de algo importante que irá prejudicá-los.

– Nossa, Carlos, que horror! E por que esse sequestro? Por que esses crimes?

– Não sei, querida amiga. Mas presumo que deva existir algo de muito valioso por trás de tudo isso.

– Estou perplexa! Não sei o que fazer.

– Bom, eu estava refletindo sobre o assunto. Acho que devemos ter o máximo de cautela. Você não deve ir para a casa de seus pais.

– Mas para onde vou?

– Estou com a chave do apartamento do Roberto, um amigo de Cruzeiro. Ele adquiriu um apartamento no Botafogo, pois pretende vir para cá. Mas, por enquanto, o apartamento está vazio e creio que ele não se importará que você fique lá por alguns dias. Depois veremos o que fazer. De qualquer forma, você tem que dizer aos seus pais que não está no emprego, pois deve chegar a intimação da polícia. Peça para eles avisarem por telefone, mas não dê o seu endereço, aliás, não o dê para ninguém.

– Estou com medo, Carlos. E você também não corre perigo?

– Acho que não, por enquanto. É você que eles querem.

# CAPÍTULO 5

O proprietário, avisado pela portaria, já esperava o doutor Percival à porta de seu apartamento. Estava de roupão e parecia muito abatido.

– Desculpe por eu mesmo vir recebê-lo, e ainda nestes trajes. É que estou sem ajudante.

– Não tem importância, eu não avisei com antecedência. Mas e sua governanta?

– Ela não está, me pediu alguns dias de afastamento e achei justo, depois do que ela passou.

– Realmente, a pobre moça correu alto risco.

– Mas entre, por favor.

Atravessaram o hall e se detiveram na sala.

– Quer ver o apartamento todo?

– Sua casa me parece magnífica, mas eu quero mesmo é ver a localização do cofre.

– É por aqui.

Doutor Percival acompanhou o empresário e foi prestando bastante atenção à disposição dos aposentos.

– Deste lado do apartamento se localizam os quartos.

Na verdade, doutor Percival observou, eram três suítes. As duas primeiras possuíam móveis claros, apenas cama e cômoda, o que parecia aumentar o tamanho dos cômodos. O cofre se localizava no segundo quarto, sob um espelho corrediço. *Um disfarce elegante e bem original*, pensou o delegado.

– Quer que eu abra o cofre?
– Não há necessidade.
Entraram na suíte principal. Doutor Percival não conseguiu deixar de exprimir sua admiração. Diferente dos outros dois quartos, os móveis eram magistralmente trabalhados em mogno marrom avermelhado. Na parede do lado direito do aposento havia um painel corrediço da mesma madeira. O proprietário o puxou lateralmente e entraram em um quarto de vestir quase do tamanho do quarto principal, repleto de estantes e cabides com elegantes roupas masculinas e femininas. Na parede que dava para o exterior havia um espelho oval sob um vitrô colorido que permanecia aberto para ventilar o cômodo, trazendo raios solares coloridos ao aposento. Do lado esquerdo do quarto, uma porta de vidro dava acesso a uma varanda, onde havia uma pequena mesa, duas poltronas de vime e um jarro de marfim com uma folhagem que parecia pedir um pouco de água, sinal da falta da governanta.
– Quer ver o banheiro?
– Por favor.
Entraram em uma linda sala de banho: de um lado, uma rica banheira de mármore, em formato oval, com torneiras que pareciam de ouro e entradas para a circulação da água também douradas. Do lado oposto, o box, o vaso e um bidê. No centro uma maravilhosa penteadeira, também em mármore, com uma banqueta de um material leve, porém gracioso. Sobre a penteadeira, entre frascos de perfumes e cremes, doutor Percival enxergou o que viera buscar, com a desculpa de ver a localização do cofre: uma linda escova de cabelo.

– Que peça bonita – disse o delegado. – Posso vê-la?

– À vontade.

O policial olhou a escova, porém sem tocá-la, e ficou muito feliz. Não a haviam limpado. Estava ali o material do qual precisava.

– Senhor Paulo, eu gostaria de levar essa escova comigo. Posso?

– Certamente. Quer que eu a embrulhe?

– Não é preciso. – Abrindo a pasta, apanhou uma pinça, pegou a escova e a colocou em um invólucro apropriado, estéril. Em seguida o guardou em uma parte separada de sua pasta.

– Quer conhecer o restante de minha casa?

– Gostaria.

O delegado olhou o resto do apartamento, admirando os quadros valiosos e os objetos de arte.

– Levaram alguma coisa?

– Não notei falta de coisa alguma. Acho que não tiveram tempo de carregar objeto algum.

– Fico feliz, pois parece que tem coisas bem caras aqui. Mas vamos ver o monitor de onde soou o alarme.

Detiveram-se no estúdio.

– Então foi deste monitor que sua governanta enxergou os bandidos? E eles não levaram nada mesmo? Tem peças magníficas de prata sobre a mesa.

– É. Ana Lúcia as estava limpando e eu não as recoloquei ainda no lugar. Mas não levaram nada. Acho que se assustaram com o alarme.

– É. Deve ser isso. Por hoje é só. Muito obrigado.

O delegado saiu pensando: *O que será que os bandidos realmente queriam no apartamento de dona Regina Maria?* Entretanto, não se deteve nesse pensamento, pois precisava passar no laboratório e voltar logo para a delegacia. Queria resolver ainda duas coisas importantes naquele dia.

\* \* \*

O encarregado no laboratório dos exames genéticos feitos para a polícia apanhou das mãos do doutor Percival os fios de cabelo que deveria comparar com aqueles achados no barraco na favela do Morro Azul.

– Preciso desse resultado o mais rápido possível.

– Pode ficar sossegado, doutor, faremos o possível para adiantar este trabalho.

Chegando à delegacia, Alcimar já o esperava para lhe passar o material solicitado.

– E aí, conseguiram ampliar o retrato do suposto raptor de dona Regina Maria?

– Está tudo aqui, doutor.

O escrivão colocou sobre a mesa a fotografia ampliada do sujeito chamado Ernesto Costa. Era um rosto meio inexpressivo, claro, olhos de um castanho apagado, cabelo encaracolado, bem curto.

– Que idade figura no RG?

– Quarenta e cinco anos.

– E a profissão, descobriram?

– Dizia-se "serviços gerais", mas trabalhava como mascate, sem licença, sempre fugindo do rapa. Desconfia-se que praticava pequenos furtos também, embora não esteja fichado na polícia.

– Envie o retrato deste meliante para as delegacias, Polícia Federal e também para a Internacional.

– Farei isso agora mesmo. O da empresária já foi enviado.

– Está bem, Alcimar. A senhora de Itajubá será ouvida lá, no interior. Vamos ver se traz alguma luz para este caso.

\* \* \*

Dona Lola atendeu ao telefone.

– Quem está falando é o gerente do hotel Castelo da Montanha, daqui de São Lourenço.

– Pois não...

– Estamos ligando para a senhora porque nos sentimos na obrigação de avisá-la.

– Avisar-me?

– A senhora, com certeza, soube do desaparecimento da proprietária da lingerie Skintouch.

– Ah, sim, creio que todo o país ficou sabendo.

– Pois é. A polícia esteve no hotel, checou nosso livro de reservas e se inteirou de que sua estadia ocorreu no mesmo dia em que o casal de milionários se hospedou aqui.

– Sim, compreendo.

– Então é isso. Ficamos temerosos de que a polícia aí de sua cidade possa intimá-la a depor e nos sentimos na obrigação de avisá-la, afinal a senhora é nossa hóspede, e ficaremos muito felizes se voltar a se hospedar conosco.

– Muito obrigada pelo aviso – balbuciou dona Lola, meio assustada.

– Bom dia então, senhora. E não se esqueça da gente.

– Não me esquecerei – disse a velha senhora, repondo o fone no gancho.

Dona Lola sentou-se em uma poltrona e começou a refletir. *Eu jamais deveria ter procurado cumprimentar a senhora Regina Maria. Além de ter ficado muito triste com o sequestro daquela senhora, ainda vou ter que depor na polícia.*

Pensou um pouco sobre o assunto, mas depois parou de se afligir. *Acho até bom falar com a polícia. Vou lhes contar o que aconteceu, aliás não aconteceu nada... apenas cumprimentei o casal e vou dizer a eles o motivo por que me preocupei naquele dia, assim eu já tiro isso da cabeça e fico sossegada.*

\* \* \*

Dona Lola de fato foi intimada a depor no dia seguinte, e, para evitar pensar no assunto, resolveu passear na praça central da cidade para se distrair. Pretendia comprar um sorvete e sentar-se para contemplar os canteiros floridos e as crianças que costumavam correr e brincar por ali. Entrementes, ao passar ao lado de uma banca de jornais, uma manchete em um periódico do Rio de Janeiro lhe chamou a atenção: "Assalto ao apartamento da empresária sequestrada há quarenta dias". Comprou o informativo, sentou-se em um banco, apanhou os óculos na bolsa e leu a reportagem. Descreveram o assalto e terminaram expondo uma dúvida. Teriam os bandidos a intenção de furtar ou teriam em mente algo pior? Teria esse assalto sido perpetrado pelos mesmos meliantes que se supunha houvessem sequestrado dona Regina Maria? O que pretendiam? Extorquir alguma informação sobre a vida da milionária de sua governanta? A moça, que já dera dois depoimentos à justiça, deveria estar muito assustada, pois a reportagem não a encontrara para conversar.

Ao acabar de ler, dona Lola voltou a ficar preocupada. *Mas foi bom*, pensou consigo mesma, *foi muito bom eu ter tido a chance de encontrar este jornal*. Ora, se a moça já dera depoimento à justiça e parecia correr perigo, era bom ela se precaver. Refletiu alguns instantes e se decidiu. Iria falar para a polícia apenas sobre os fatos que haviam ocorrido, apenas sobre os fatos.

# CAPÍTULO 6

Doutor Percival apanhou a cópia do inquérito sobre o desaparecimento de Regina Maria Mota Cavalcante. Apanhou também os resultados de três exames: o grafológico, o genético e o da perícia papiloscópica. Colocou tudo em sua pasta e chamou seu assessor.

– Tem algum depoimento para hoje ainda?
– Não. Só se aparecer alguma coisa.
– Então você segura tudo aí porque vou para minha casa. Preciso refletir.

Saindo da delegacia, parou em um café que fazia uns sequilhos maravilhosos, de coco e de amendoim. Pegou um pacote de cada e seguiu para seu apartamento na rua Santa Clara.

Morava sozinho desde que se separara da esposa, que vivia com os dois filhos do casal.

O apartamento não era grande, porém claro e arejado. Doutor Percival colocou sobre a grande mesa da sala os dois pacotes de sequilhos e uma garrafa de café que sua faxineira coara pouco antes de sair. Colocou também sobre a mesa a pasta com os documentos que havia trazido. Em seguida apanhou algumas folhas de papel.

Precisava refletir sobre aquele desaparecimento misterioso, e, para tanto, nada melhor do que estar sozinho, com seus sequilhos e sua garrafa de café.

Colocou as folhas sobre a mesa, o café em uma xícara e abriu o exame grafológico. A letra nos cheques assinados era realmente dela, segundo o resultado.

Apanhou a primeira folha em branco e fez um traço ao meio. Escreveu dos dois lados:

| Provas de que dona Regina esteja viva | Indícios de que esteja morta: |
|---|---|
| 1) Resultado do exame grafológico. A letra nos cheques é de dona Regina. | 1) Pode ter assinado os cheques antes do sequestro. |
| 2) Resultado do exame genético. Os fios de cabelo da escova são similares aos encontrados no barraco. | 2) Os fios podem ter sido colocados posteriormente naquele colchão. |

O terceiro exame era o resultado da perícia no automóvel. O mais complicado dos três. Segundo os técnicos, não havia impressões digitais no volante, nos painéis ou na porta do carro.

Será que limparam tudo antes de levarem a senhora? Mas com que intuito? Apanhou alguns dos deliciosos sequilhos e retornou ao trabalho. Leu pela quinta vez todos os depoimentos prestados.

*Tudo leva a crer que a senhora foi sequestrada. Por que não pedem dinheiro? E a invasão no apartamento, qual o intuito?*

Aquele caso estava bastante complexo. Ele já descobrira muitos crimes e desvendara vários mistérios, porém aquele parecia difícil.

Apanhou uma segunda folha e escreveu:

*Qual o motivo do sequestro?*
*Dinheiro?*
*Vingança?*

*Mas quem gostaria de se vingar de uma senhora tão bondosa, segundo os depoimentos?*

Sentiu-se um pouco deprimido. Colocou um pen drive com músicas escolhidas em seu aparelho de som e recostou-se em uma poltrona para descansar.

Fazia dois anos que morava sozinho. Até então não sentira falta da família, talvez porque pelo menos uma vez por semana encontrava-se com eles. Geralmente aos domingos iam almoçar juntos. *É*, pensou, *trabalho tanto que não tenho muito tempo para ficar triste*. Mas naquele instante sentiu falta da esposa, de seu carinho e sobretudo do seu companheirismo. Ela o compreendia, sabia que ele não trabalhava apenas por necessidade; era apaixonado pelo que fazia. E não fazia apenas o necessário. Ia muito além, sempre buscando punir os culpados e ajudar os inocentes. A justiça para ele era algo sagrado, que deveria nortear todo ser humano, especialmente aqueles que haviam escolhido o direito como meta, como ideal.

Escutou uma música romântica e tomou uma resolução: amanhã vou visitar minha família.

\* \* \*

Doutor Percival foi o primeiro a chegar à delegacia. Logo em seguida apareceu seu escrivão.

— Desculpe-me, atrasei alguns minutos porque hoje resolvi malhar cedo, tenho um compromisso à tarde.

O delegado olhou seu assessor. Era o tipo de homem que as mulheres admiravam, corpo malhado, braços musculosos. Não possuía um rosto bonito, porém não era totalmente feio, e os olhos azuis chamavam a atenção do público feminino.

— Tudo bem, Alcimar. Vamos ao serviço. Você verificou quantas funcionárias trabalham nas lojas Skintouch?

— Eu verifiquei nas lojas aqui do Rio de Janeiro. São cinco na loja da avenida Nossa Senhora de Copacabana, três na loja da Vitrine de Ipanema, quatro no shopping de Botafogo e também quatro no shopping da Barra.

— E são todas antigas?

— O senhor quer saber se conheciam dona Regina Maria?

— É. Isso mesmo.

— A funcionária mais antiga é a Simone. É a gerente da loja de Copacabana. Em Ipanema só a Neusa tem mais tempo de casa. Quer que eu convide alguma delas para depor?

— Vou refletir sobre o assunto. Olhe, vai digitando o que falta do inquérito que está correndo e distribua o serviço para os investigadores.

\* \* \*

O delegado entrou na belíssima loja da Skintouch na avenida Nossa Senhora de Copacabana. Uma das vendedoras, solícita, veio atendê-lo.

– Pode me mostrar as camisolas?

Num minuto foram colocadas várias camisolas sobre um balcão: brancas, coloridas, estampadas. Rendadas, lisas, enfeitadas. Curtas, longas, com fendas.

O delegado estava meio zonzo.

– Quer que eu lhe dê uma ajuda? – perguntou a moça, sorrindo.

– Bom, quero a mais bonita, mas me parece que são todas tão bonitas.

– Posso saber para quem é e o número que a pessoa usa? Assim fica mais fácil escolher.

– É para minha esposa. – Surpreendeu-se; não falara ex-esposa.

– Qual o número?

– Bem, não sei. Ela está meio gordinha.

– Esta, talvez – disse a vendedora, mostrando uma camisola estampada.

– Não, deixe-me ver, prefiro a branca, enfeitada de renda.

– O senhor tem bom gosto. Esta é muito delicada. Acho que sua esposa vai gostar muito.

– Bom, me faça um embrulho bem bonito. E me diga uma coisa, como se chama a moça do caixa?

– É nossa gerente. Chama-se Simone.

Doutor Percival se aproximou do balcão.

– Bonito nome. Minha esposa também se chama Simone.

A moça sorriu.

– Você é antiga na loja?

– A funcionária mais velha daqui.

– Conheceu bem a senhora Regina Maria?

O sorriso morreu nos lábios da moça.

– É jornalista?

– Não, não se assuste. Sou o delegado que está cuidando do caso do desparecimento de sua patroa. Eu só preciso saber se conheceu bem a senhora Regina, para que possa me ajudar a fazer justiça.

A moça calou-se por alguns instantes, depois sorriu novamente.

– Se é para ajudar a pegar o criminoso, pode contar comigo.

* * *

Doutor Percival foi caminhando da delegacia até o apartamento de sua ex-esposa. Não era muito perto, mas ele precisava refletir. Por que ele e Simone haviam se separado? Olhando hoje a situação de dois anos atrás, chegou à conclusão de que não houve uma causa verdadeiramente importante. Ela se queixava de solidão, de que ele se entregava inteiramente ao trabalho. Talvez ela tivesse razão, porém poderia ter tido um pouco mais de paciência. *Eu também errei, deveria ter me dedicado mais a ela e aos nossos filhos. Eu não os vi crescer. São dois rapazes e o tempo perdido não volta.*

Entrou em uma rua transversal e saiu na avenida Atlântica. Sentou-se em um quiosque, pediu um suco de tomate bem temperado e ficou contemplando o sol que morria no horizonte do oceano, esparzindo uma aura rosada no céu e no mar. *O que está acontecendo comigo? Onde está aquele homem forte, aquele delegado que enfrentava crimes e criminosos sem se deixar abater? Eu penso que o desaparecimento da empresária está me deixando estressado. Sinto que a verdade está perto de mim, mas não consigo enxergá-la. Este mistério está desafiando minha argúcia e isso me deixa frustrado. Talvez por isso me sinta carente e solitário. Quando eu conseguir resolver este enigma, vou me aposentar e me dedicar a minha família.* Mas uma dúvida o assaltou: será que a esposa ainda o queria de volta? Após a separação, que fora dolorosa, aceitaram--se mutuamente como amigos por causa dos filhos e nunca mais tocaram no assunto. Ele tivera duas aventuras amorosas, mas não passaram de aventuras. *Nunca pensei em me casar novamente, jamais me imaginei com outra companheira. Mas e Simone? Será que ela me quer de volta? Será que não tem outra pessoa? Eu nunca soube de coisa alguma, mas até aí... não sei. Mas também não vou saber se não perguntar.*

O sol despareceu totalmente na amplidão do céu. Logo os grandes postes iriam se acender e refletir sua luz dourada na areia e no calçadão de Copacabana. O delegado levantou-se. *Vou levar o presente e vamos ver o que acontece.*

\* \* \*

Simone abriu a porta e espantou-se ao ver o ex-marido.

– Veio antes do fim de semana. O que houve?

– Bem, se não sou bem-vindo, vou embora.

– De forma alguma. Só fiquei surpresa. Mas é uma boa surpresa. Entre.

Doutor Percival adentrou a sala.

– Olhe o que eu trouxe para você.

A mulher pegou o bonito embrulho.

– Para mim? Que bom! Vamos ver o que é.

Abriu o pacote e a seda da belíssima camisola esparziu suas rendas brancas sobre o verniz da mesa.

– Que linda! Mas por que este presente agora? Nem é meu aniversário.

– Não posso presentear a mãe dos meus filhos?

– Claro que pode. Pena que sou apenas a mãe dos seus filhos.

– Não, não é apenas a mãe dos meus filhos. É a mulher que amo.

Duas lágrimas correram dos olhos de Simone. Abraçou com carinho o ex-marido. Ele a apertou nos braços e a beijou com sofreguidão. E o beijo se prolongou por ternos instantes na penumbra da sala.

Um dos filhos chegou à porta e deu meia-volta, feliz e sorridente.

\* \* \*

Doutor Percival estava se sentindo mais feliz naquela manhã. Não reatara ainda com sua ex-esposa, mas a demonstração de afeto da véspera era o prenúncio de uma volta ao lar. Assim, recebeu a gerente da loja Skintouch com um sorriso nos lábios.

Após serem digitadas as perguntas de praxe, o delegado começou o inquérito à testemunha sobre o assunto pertinente.

– Há quanto tempo conhece a senhora Regina Maria?

Simone era simpática e estava empenhada em ajudar a esclarecer o crime. Assim, foi contando tudo o que sabia com detalhes, da melhor forma possível.

– Eu a conheci quando ela abriu a loja da avenida Nossa Senhora de Copacabana. Foi realizado um teste com as candidatas ao emprego e eu fui logo contratada, pois tinha experiência e boas referências.

– Esta foi a primeira loja que a empresa abriu?
– Sim. Faz quinze anos. E tem sido muito bem acolhida pelo público.
– Conte-me tudo que souber sobre a trajetória comercial de sua patroa.
– Dona Regina começou a trabalhar em uma pequena sala no Botafogo. Ela própria costurava. Criava os modelos das peças e as confeccionava. Mas as encomendas foram aumentando e ela contratou duas costureiras. Contratou também, para ajudá-la na compra de material, supervisão de estoque e controle de fornecimento, uma senhora que se tornou sua secretária e seu braço direito, dona Gertrudes.

Fez uma pausa.

– Dona Regina nos contou que sempre gostou de criar modelos. Desde pequena fazia roupinhas para suas bonecas. Eu, particularmente, a considero uma artista, com grande poder de criação. Mas voltando à trajetória comercial... Como a firma crescia, ela alugou mais duas lojas no pequeno prédio em que trabalhava no Botafogo, e dali a certo tempo, comprou o prédio todo. Nessa época já trabalhava intensamente com atacado, fornecendo lingeries para lojas no Rio, São Paulo e Campinas. Dali a alguns anos, resolveu montar sua própria loja, e foi assim que surgiu a matriz, onde trabalho. Hoje tem também uma fábrica no Rio Comprido.

– A matriz? Então vieram outras?

– Várias: uma filial em Ipanema, outra em São Paulo, na Avenida Paulista, em dois shopping centers aqui no Rio e uma num shopping em São Paulo. Eles pretendiam se estender a outras grandes cidades do país, mas a crise econômica que se instalou na Europa no ano passado, e a previsão de que chegaria ao Brasil agora em 2015, fez com que os proprietários da Skintouch esperassem um pouco mais para abrir novas lojas.

— E o marido, quando foi que se casou?

— Ela conheceu o senhor Paulo logo após abrir a loja aqui de Copacabana.

— E ele a ajudou financeiramente?

— Com dinheiro, acho que não, porque não tinha, mas tem trabalhado bastante e ajudado a expandir o negócio.

O delegado se calou por alguns instantes; até então, ele pensava que Paulo Cavalcante pertencesse a uma família rica.

— No que trabalhava o marido de sua patroa antes de conhecê-la?

— Realmente não sei, delegado.

— E o casal vive bem?

— Parece que sim. Nunca soube que tivessem brigado.

— E são ostentadores, como dizem?

— Ostentadores eu creio que não. Eles têm muito dinheiro, mas não ficam esbanjando.

— Ah, sim?

— Além do pequeno prédio no Botafogo, onde funcionam a confecção e as vendas por atacado, eles adquiriram a loja de Copacabana. São condôminos do prédio. Têm também um apartamento na avenida Atlântica e uma casa muito bonita em Petrópolis, e ainda as demais filiais. Mas se o senhor quiser saber sobre essa parte de finanças, é só conversar com o contador da empresa.

— Eu gostaria de saber mais sobre a vida de dona Regina Maria.

— Bom, se é assim, acho bom o senhor conversar com a dona Gertrudes. Ela está com minha patroa desde o início da firma e é uma senhora muito simpática.

— Você também foi muito simpática, dona Simone, e está prestando uma ajuda valiosa à justiça.

Simone levantou-se sorrindo.

— Creio que estou dispensada.

— Sim, por hoje é só. Muito obrigado. Vou lhe deixar um cartãozinho meu, com meu telefone particular. Se lembrar-se de alguma coisa importante, por favor, me ligue.

# CAPÍTULO 7

Doutor Percival subiu a serra dos Órgãos com grande ansiedade. Tinha esperança de colher dados novos que o ajudassem a elucidar o desaparecimento da empresária. Não falara a pessoa alguma que iria a Petrópolis. Queria conversar sozinho com os caseiros de dona Regina Maria e aproveitar a viagem para relaxar um pouco as tensões, visitando o centro histórico da cidade. Por isso, escolheu o sábado para a excursão. Paulo Cavalcante lhe dissera dias atrás que já falara com os caseiros e que ele poderia ir quando quisesse.

Atravessou o portal da cidade e logo avistou o palácio Quitandinha. Dirigiu-se a ele, pois a casa que procurava ficava perto do belíssimo prédio. Construído na década de 1940 para ser um hotel-cassino, ficara famoso por sua arquitetura grandiosa e por hospedar várias personalidades mundiais.

O delegado parou defronte ao hotel e tentou localizar a casa, conforme a descrição que recebera. Mansões de alto nível situavam-se em um morro recoberto por árvores na lateral do Quitandinha. Logo identificou a que procurava e uma escada que dava acesso a ela. Encostou o automóvel no meio-fio e galgou os degraus para atingir a residência. Apertou a campainha encravada em um muro revestido de pedras. Em instantes o portão foi aberto por um senhor idoso que parecia enxergar muito pouco.

– Sou o delegado que seu patrão disse que viria.
– Entre, por favor.

Atravessando o portão, doutor Percival se viu diante de um jardim cuidado com esmero, tendo ao fundo uma vivenda de aparência agradável, com fachada pintada de branco contrastando com a porta e janelas de madeira em tom castanho. Em um dos lados da residência via-se uma piscina e um gramado verde bem aparado.

O homem que abrira o portão se apresentou:
– Sou Benedito, o jardineiro.
– O senhor está de parabéns. Seu jardim está muito bem cuidado.
– Obrigado, doutor. Eu gosto muito de flores. Minha patroa também gosta. O senhor acha que ela volta?
– Não sei, Benedito, estamos trabalhando arduamente para encontrá-la.
– Minha mulher é quem cuida da casa. O senhor quer conversar com a gente?
– Gostaria muito.

Senhor Benedito conduziu o delegado até a casa, instalou-o em uma sala confortável e chamou sua esposa.
– Joaquina, o doutor quer conversar com a gente.

O delegado reparou que Joaquina também era idosa, talvez um pouco mais nova do que o marido. Tentou deixar os caseiros à vontade, falando sobre assuntos diversos, e só depois começou a interrogá-los.
– Dona Regina costumava vir bastante aqui?
– Vinha aos fins de semana com o senhor Paulo – respondeu Joaquina.
– Mas em fevereiro ficou durante todo o mês?

– É, dessa vez demorou bastante.

– E disse a vocês por que queria permanecer aqui?

– Bem, o senhor Paulo ligou para nós, antes de ela subir para cá. Falou que Dona Regina estava esgotada e pediu pra gente tomar conta dela.

– E vocês notaram alguma coisa de diferente no comportamento de sua patroa?

– Não. Estava tudo certo, até o dia em que recebeu uma visita.

– Que visita?

Joaquina olhou atemorizada para o marido. Percebeu que falara demais e teve medo de que ele ficasse bravo.

– Já que começou a falar, mulher, conta tudo para o senhor aqui. Afinal, ele é delegado e a gente tem que falar mesmo tudo o que aconteceu.

– Mas o que aconteceu?

– Não foi nada de mais, só que eu, isto é, nós notamos que a patroa ficou muito nervosa depois que o homem saiu.

– Que homem?

– Bem, ele tocou o interfone e deu o nome; dona Regina autorizou o Benedito a abrir o portão.

– E...

– Bem, ele entrou aqui nesta sala, ficou alguns minutos e foi embora.

– Mas só isso?

Joaquina abaixou os olhos.

– Sabe, doutor, eu não tenho costume de bisbilhotar a conversa dos patrões, só escutei porque falaram alto.

– Dona Joaquina, pode falar o que ouviu sem medo, ninguém vai acusá-la de bisbilhoteira.

– Bem, eu ia passando perto dessa porta e escutei dona Regina falando alto. Parecia estar muito brava.

– E o que ela falou?

– Ela disse quase gritando: "Eu não vou dar mais nada para você".

– E o que ele disse?

– Não me lembro bem das palavras, mas acho que disse que ela ia se arrepender. É, foi mais ou menos isso.

– E depois?

– Ele foi embora e a patroa ficou muito nervosa. Pediu até para eu fazer um chá de erva-cidreira para ela.

– E como era esse homem?

– Um pouco mais alto que o senhor.

– E o que mais? Era gordo ou magro? Moreno ou loiro?

– Bem, era claro, mas não vimos a cor do cabelo porque ele usava um boné branco. Não era muito gordo, mas não deu para perceber bem, porque ele usava um blusão largo, desses usados por motoqueiros.

– E os olhos?

– Deixa eu me lembrar... Não vimos. – Fez uma pausa. – Já sei por quê, ele usava óculos escuros e não os tirou.

– E vocês se lembram do nome que ele falou no interfone?

– Acho que eu me lembro – respondeu o jardineiro. – Era um nome começado com E... Acho que era Emílio, não, acho que era Edilson. Ah, lembrei! O nome do sujeito era Ernesto... Ernesto Costa.

Doutor Percival apertou o braço da poltrona em que estava sentado.

– O senhor quer um café? – perguntou a caseira. – Está um pouco pálido.

– Aceito – respondeu o delegado.

Tomou o café devagar para se recuperar da emoção. Em seguida, com muita calma, agradeceu aos caseiros e explicou que eles teriam que depor na delegacia, mas que não tivessem medo. Iriam apenas contar o que já haviam contado a ele. Seria apenas para que os fatos ficassem registrados.

Em seguida despediu-se e desceu lentamente a escadaria; estava ainda meio zonzo. Pensava que colheria novos dados em Petrópolis, porém o que ouvira era uma verdadeira bomba, algo que daria novos rumos à investigação do crime.

Naquele instante não sabia mais se queria ir ao centro histórico ou se retornava para o Rio, a fim de concatenar as ideias, rever pressupostos; enfim, dar outra dimensão ao misterioso caso. *Mas, como já estou aqui, vou até o centro, pelo menos para comer alguma coisa.* Saiu das imediações do Quitandinha e rumou ao centro através do bairro Valparaíso.

No percurso parou no Trono de Fátima. *Quero me aquietar, apreciar a vista e pedir ajuda a Deus.* Não tinha ainda visto de perto o monumento e ficou impressionado com a disposição das sete colunas sustentando uma cúpula com a bela imagem da Virgem de Fátima no seu interior. Galgou as escadas e lá em cima se acalmou momentaneamente com a serenidade que se desprendia daquele local e a visão do lindo panorama de parte da cidade.

Mas, de repente, ao olhar para baixo, enxergou ao lado de uma das lojas que vendiam lembranças do local uma pessoa vestida de calça jeans, blusão e um boné branco. O indivíduo estava de costas e o delegado não enxergava seu rosto, mas repentinamente ele se virou e doutor Percival pôde ver que era um homem claro e usava óculos escuros. *Deve ser ele, o bandido. Mas como e por que estaria aqui? Será que está me seguindo?* Colocou a mão no revólver que estava no coldre, debaixo da blusa, e tentou descer a escadaria mais próxima. Entretanto, quando pisou o segundo degrau, foi obrigado a parar para segurar uma senhora que tropeçara e só não caiu da escada porque ele a amparou. Assim que a mulher se equilibrou, ele retomou sua descida desenfreada e correu para o local onde avistara o homem de boné, mas não o enxergou mais. Apressou-se para o portão de saída e só pôde ver uma motocicleta que acabara de dar a partida. Pensou em atirar, mas o recinto estava cheio de pessoas e seria perigoso.

*Se eu não fosse um delegado experiente, diria que vi um ser fantástico. Imagine aparecer de repente, logo após a narrativa dos caseiros de Paulo Cavalcante. Será que aqueles dois estão envolvidos no sequestro de dona Regina Maria?* Há muita coisa a ser investigada. Entrou em seu automóvel e se dirigiu para o centro da cidade. Resolveu almoçar e ir ao Museu Imperial.

Doutor Percival entrou no jardim do museu. Gostou demais do que via: a grama muito bem-cuidada, funcionários varrendo o passeio. As grandes árvores copadas e as palmeiras transmitiam um bem-estar e uma serenidade tão grandes que resolveu se sentar em um dos bancos e ficar contemplando a fachada do antigo palácio, até lhe voltar a serenidade que lhe fora tirada naquela manhã.

Sempre que podia, visitava aquele museu. Sentia grande admiração por Dom Pedro II, que menino ainda passou a gerir os negócios do Estado brasileiro e conseguiu, em menos de uma década, consolidar o império.

Entrou no museu e foi para as galerias. Parou diante da sala de jantar. A mesa estava posta, com uma toalha ricamente bordada, finíssima porcelana e talheres de ouro. Parecia enxergar os imperadores, Dom Pedro II, dona Teresa Cristina e as filhas Leopoldina e Isabel assentadas sorrindo. É claro que estou sonhando, pensou, mas, de qualquer forma, os visitantes sentiam mesmo – já lera uma reportagem sobre o assunto – a sensação mágica de um retorno ao passado, envoltos na atmosfera de felicidade e calor doméstico que transmitia o palácio de verão do segundo imperador do Brasil. Talvez porque tenha sido construído com muito esmero e amor.

As pessoas que visitam o museu de Petrópolis têm a sensação de estarem no século XIX. Sonham que estão no palácio do imperador magnânimo e participam da vida da família. Enxergam a imperatriz com suas amigas em sua sala de visitas, o imperador em seu gabinete em meio aos seus livros e as princesas brincando no amplo jardim.

Caminhou para a sala de baile. Várias pessoas se extasiavam com o aposento: não era uma sala muito grande, mas muito bem decorada com estatuetas, candelabros, lustres com pingentes de cristal e mobiliário lavrado em jacarandá. Havia uma harpa dourada, um saltério, um piano e uma espineta.

As demais pessoas galgavam as escadas para o segundo andar para verem os outros cômodos decorados a caráter e, especialmente, a coroa de Dom Pedro II ricamente ornamentada de pedras preciosas, mantida em uma redoma.

Doutor Percival não prosseguiu com a visita; queria ficar mais, apreciar objetos históricos e obras de arte, mas sentiu uma necessidade imperiosa de voltar para casa. *Preciso voltar, tenho que buscar soluções. O que aconteceu aqui hoje comigo é quase inacreditável.*

\* \* \*

Chegando ao Rio, embora bastante cansado com os acontecimentos daquele dia, doutor Percival não resistiu ao impulso: abriu a pasta de dona Regina e na página onde colocara:

*Qual o motivo do sequestro?*
*Dinheiro?*
*Vingança?*

Acrescentou:

*Chantagem?*

Tudo agora levava a crer que a senhora Regina estava sendo vítima de um chantagista que, não conseguindo continuar a extorqui-la, resolvera se vingar. *Mas realmente não dá para compreender, a não ser que o tal Ernesto seja idiota, além de bandido, uma vez que a lógica de uma chantagem seria ele revelar o segredo – se é que existia um segredo...*

Agora, revelar a quem? Só poderia ser ao marido da vítima, isto é, se se tratasse de infidelidade. Contudo, tornou a pensar, podia ser alguma falcatrua, alguma dívida fiscal. Em qualquer dos casos, contudo, bastava o sequestrador contar a verdade a quem de direito e se sentiria vingado.

*Mas*, retrucou a si mesmo, *se soubessem da verdade por meio dele, saberiam também da chantagem e assim ele acabaria preso. Prejudicaria sua vítima, é verdade, mas também seria prejudicado. Naturalmente o sequestro, a total maldade, está mais de acordo com a índole perversa de um bandido.*

Abriu a pasta na folha em que Alcimar colocara a fotocópia da identidade de Ernesto Costa e voltou a olhar demoradamente para a foto. Não dava para perceber bem a tonalidade da pele, mas os olhos eram castanhos. O cabelo curto parecia bem crespo e da mesma cor dos olhos.

Rosto bastante comum, o que dificultava a identificação... O que ele saberia de tão grave a respeito de dona Regina Maria? Pelo que já soubera sobre ela, não lhe parecia que ela fosse alguém capaz de trair o marido ou lesar o fisco. *Amanhã vou descobrir esse segredo. Eu mesmo vou...*

* * *

Doutor Percival chegou cedo à delegacia. Estava mais leve, mais esperançoso. Chamou seu ajudante.

– Alcimar não veio, doutor. Vou substituí-lo – disse o investigador Geraldo.

– O que houve com Alcimar?

– O senhor esqueceu que ele saiu de férias?

– Tudo bem. Você vai digitar para mim. Aconteceu muita coisa em Petrópolis.

– O senhor foi a Petrópolis?

– Fui sim, Geraldo, e trouxe fatos novos.

O investigador sentou-se ao computador e o delegado foi narrando os últimos acontecimentos. Quando terminaram, doutor Percival perguntou ao digitador:

– O que você acha disso tudo?

– Não sei, doutor, o que o senhor acha?

– Bom, fui eu que perguntei.

– Olha, doutor, eu estou percebendo que o senhor está mais alegre, com esperança de ter encontrado o fio da meada...

– E...

– Bem, achei meio fantástico o que aconteceu... e o senhor?

– Pois é, também achei.

– O senhor não acha que esse Ernesto Costa está tentando aparecer para nós, quando, na realidade, devia se esconder?

– Também já pensei nisso, companheiro. Pode ser apenas uma tentativa de desviar nossa atenção, mas também pode ser ele o sequestrador da dona Regina Maria.

– Pode. O que o senhor vai fazer?

– Colher mais informações. Está tudo sereno por aqui?

– Até agora sim.

– Vou ficar por aqui o resto da manhã. Depois vou correr atrás.

– Está bem, doutor.

# CAPÍTULO 8

Ana Lúcia estava há vários dias morando no apartamento de Roberto, amigo de Carlos. O rapaz não lhe pedira o imóvel, não a incomodara de maneira alguma, mas ela não se sentia bem. *Preciso arrumar um novo emprego e devolver o apartamento desse moço, ou pelo menos ter dinheiro para pagar o aluguel. Não me sinto bem com esse arranjo, embora Carlos já me tenha dito que seu amigo me emprestou de bom grado. Além do mais, o dinheiro que tenho na poupança não vai durar eternamente. Não quero pedir nada aos meus pais, muito menos ao Carlos.* Este lhe pedira que não saísse de casa, fazia as compras para ela e todas as noites ia lhe fazer companhia.

*Que moço maravilhoso é o Carlos! Um amigo de verdade! Tem me ajudado tanto e não somos sequer namorados. Qualquer mulher no mundo se sentiria muito feliz em ter um marido como ele. Um marido perfeito,* pensou. *E eu estou perdendo a sorte que o destino está me dando. Não é que eu não queira, ao contrário, desejo muito ficar com ele, só que não consigo vencer meus obstáculos, não consigo apagar a horrível visão do passado. Mas vou pensar nesse problema depois, agora preciso comprar alguns jornais e procurar um bom emprego. Sei que Carlos vai ficar bravo comigo se eu sair de casa, mas já não deve ter mais perigo. Já devem ter se esquecido de mim.*

\* \* \*

    Ana Lúcia pegou o metrô no Botafogo e desembarcou no Largo da Carioca. Telefonara com antecedência e fora chamada para uma entrevista de emprego em um restaurante de alto padrão na avenida Rio Branco. Olhou as horas no celular. Eu preciso estar lá daqui a uma hora; vou aproveitar esse espaço de tempo para entrar no convento de Santo Antônio, faz tempo que não venho a esta igreja. Contemplou o espaço a sua frente. Era muito interessante aquele Largo da Carioca. De um lado o Edifício Central e alguns outros, todos bem modernos e altos, e do outro lado da praça, em um pequeno outeiro, as igrejas seculares dedicadas a santo Antônio e são Francisco. No passado, como lhe contara sua madrinha, aquele largo era conhecido por Tabuleiro da Baiana, ponto dos bondes elétricos que interligavam o centro a diversos bairros cariocas. E onde hoje situa-se aquele enorme edifício central havia um hotel antigo e famoso, Hotel Central.

    Anos atrás só se alcançava o convento através de uma escadaria, mas recentemente haviam colocado um elevador e dados informativos, pois o local passou a ser visitado por muitos turistas.

    Ana Lúcia comprou um livreto com uma breve história do convento e pequena descrição de sua arquitetura. Ela não fazia ideia de que o convento fosse tão antigo e estivesse bastante ligado a fatos históricos importantes do Brasil. Os frades franciscanos vieram para o Rio de Janeiro no final do século XVI, e em 1607 lhes foi concedida a posse do morro. Os franciscanos iniciaram a construção do mosteiro em 1608, mas só terminaram a obra em 1620.

No século XVIII, as fachadas da igreja e do convento foram ampliadas com a colocação de uma galilé com três arcos de entrada que foram posteriormente substituídos por portais barrocos esculpidos em pedra de lioz. Os portais são encimados por três janelas. No século XX foram realizadas outras modificações.

Nesse convento, em 1776, foi criada uma universidade e lá viveram pessoas famosas, entre elas: frei Vicente do Salvador, autor de um livro sobre a história da colônia brasileira (História do Brasil); frei Francisco do Monte Alverne, o maior orador sacro brasileiro; e frei Francisco de Santa Tereza de Jesus Sampaio, amigo de Dom Pedro I. Na cela de frei Sampaio realizavam-se reuniões secretas dos partidários da independência. Foi ele quem redigiu o discurso do "Fico" e esboçou a primeira Constituição brasileira. Foi esse grande franciscano que pregou o sermão no dia da coroação e sagração de Dom Pedro I na capela imperial.

O convento foi muito ligado à monarquia e abrigou por algum tempo os restos mortais de dona Leopoldina e de outros membros da família imperial brasileira.

Ana Lúcia desceu do elevador e foi tomada por uma forte emoção. É maravilhoso estar diante dessas igrejas tão importantes e ao mesmo tempo tão acolhedoras. Entrou primeiro na capela de Santo Antônio. Seu interior é formado por uma só nave, e o altar principal e as laterais têm talhas douradas, do período aurífero das Gerais. As paredes e os tetos também são recobertos de talhas e exibem painéis pintados que contam a vida de santo Antônio.

A moça estava tão absorta, contemplando a riqueza de detalhes da igreja, que não percebeu que havia uma pessoa com o olhar fixo nela. Era um homem de calças jeans, blusão de couro, boné branco e óculos escuros e estava postado à porta de entrada da capela. Como havia muita gente no interior da nave, ela não o vira antes. A princípio não se importou, era uma moça bonita e costumava chamar atenção. Foi até o altar de santo Antônio, rezou um pouco e virou-se para sair da igreja, mas sentiu um pouco de medo. O sujeito continuava encostado às pedras do portal da capela e, apesar dos óculos escuros, ela percebeu que ele ainda a olhava.

Nesse instante entrou um grupo de pessoas e algumas pararam junto à porta. *É minha chance de sair sem ser percebida*, ela pensou. Fora da capela havia muita gente. Ia começar a celebração de uma missa e era terça-feira, dia dedicado a santo Antônio. Vários devotos chegavam com cestas de pães – o pão dos pobres – para distribuir a pessoas carentes.

*Não estou mais enxergando o homem, provavelmente já foi embora*, pensou Ana Lúcia, e se dirigiu para a igreja de São Francisco da Penitência. Adentrou a porta e ficou deslumbrada. A capela parecia iluminada pelos raios de sol.

– Que coisa maravilhosa! – exclamou Ana Lúcia para si mesma.

– É que as imagens são revestidas por uma camada de ouro – disse uma senhora que entrara com ela.

– Obrigada – respondeu a moça.

– É por isso que os turistas chamam esta capela de "igreja do ouro".

Saindo da capela, Ana Lúcia entrou ao lado, em um pequeno museu sacro. Olhava as peças históricas quando sentiu novamente que a olhavam. Levantou os olhos e dessa vez sentiu um frio na espinha. O homem a olhava de perto, separado dela apenas por um pequeno andor dourado, e sorria de forma zombeteira. A moça virou-se e saiu correndo. O calor do sol a reanimou. Aquele sorriso lhe causara medo e náusea. Resolveu deixar o convento. Dirigiu-se ao elevador; muita gente subia e descia àquela hora. Ana Lúcia não viu mais o homem de boné. Respirou aliviada e entrou no elevador.

Ao sair do mosteiro, ela pensou que se livrara do seu perseguidor, mas ficou apavorada quando o enxergou saindo do portão da escada que dava acesso às igrejas e caminhando para o lado em que ela se encontrava. No primeiro momento a moça ficou paralisada e permaneceu à entrada do corredor que conduzia ao elevador. Várias pessoas entravam e saíam e ela se sentiu mais segura. O homem passou a pouca distância dela e se dirigiu à rua São José para ter acesso à avenida Rio Branco.

Ana Lúcia, então, correu para o lado oposto da praça e alcançou a lateral do Edifício Central, que ficava ao lado do metrô. Vou sair deste largo por aqui e alcançar a avenida. Tem muita gente nessa travessa e talvez eu consiga despistar esse bandido que está me seguindo. Foi passando com dificuldade em meio a uma compacta multidão de pessoas e bancas de vendedores ambulantes. Quando, enfim, conseguiu alcançar a Rio Branco, pensou que se livrara de seu perseguidor. Respirou aliviada e passou para o outro lado da rua, pois precisava subi-la do lado oposto e atravessar a rua Almirante Barroso para chegar ao endereço do restaurante onde teria a entrevista, mas, ao caminhar alguns passos, avistou o sujeito parado na esquina por onde ela deveria passar.

Cada vez mais assustada, a moça entrou em uma loja de roupas ao lado, no passeio. Era uma loja feminina e estava repleta de senhoras e moças.

*Bom, vou tomar fôlego e pensar em um meio de despistar o homem que está me seguindo. Quem será? O que quer? Será um dos bandidos que assaltaram o apartamento de dona Regina Maria? Eles pensam que sei de alguma coisa importante. Mas não sei de coisa alguma; entretanto, estou correndo perigo. Acho que é melhor desistir da entrevista no restaurante! Mas eu volto amanhã. Agora o que eu preciso é me livrar desse sujeito que está me perseguindo, despistá-lo e apanhar uma condução para o Botafogo.* Assim pensando, olhou para a rua e, como não enxergasse mais seu perseguidor, resolveu descer a avenida e alcançar a rua Araújo de Porto Alegre para tomar uma condução de volta para casa.

Assim que deu alguns passos, viu o sujeito ao seu lado, não sabia de onde saíra. Ana Lúcia começou a tremer, mas reuniu todas as forças de que dispunha e pôs-se a correr, esbarrando nas pessoas que vinham em sentido contrário. Já estava se desesperando quando viu uma multidão em frente ao belíssimo prédio do Museu Nacional de Belas Artes. Não pensou duas vezes; misturou-se a eles. Logo compreendeu que eram turistas, guiados por uma moça, que lhes explicava os detalhes históricos e artísticos do local. Falava uma frase em português e depois a repetia em inglês para que todo o pessoal entendesse.

– No início do século XIX, Dom João VI fundou a Escola Real de Ciências, Artes e Ofícios. Mais tarde essa academia imperial passou a se chamar Escola Nacional de Belas Artes. Este majestoso edifício foi projetado em 1908 para sediá-la.

Em 1937, o presidente Getúlio Vargas criou o Museu Nacional de Belas Artes, que conjugou a ocupação do prédio com a Escola de Belas Artes até a década de 1970. Hoje o museu ocupa todo o prédio e é respeitado mundialmente por ser um vigoroso centro irradiador de conhecimento e divulgação da arte brasileira.

Ana Lúcia olhou em torno e viu seu perseguidor também inserido entre os turistas. Os excursionistas entraram no saguão do museu. Apesar de seu estado de nervos, Ana Lúcia não pôde deixar de admirar o térreo do palacete. À direita de quem estava à porta ficava um balcão de informações. No centro situava-se uma imponente escadaria coberta por um tapete vermelho. Tinha o formato de um cone bastante largo no térreo, com uma bifurcação superior, possibilitando que se atingisse o primeiro andar de ambos os lados. À esquerda uma estátua de bronze de uma mulher com um vaso de perfume.

*Que lugar majestoso! Por que não o visitei até hoje?*, pensou a moça.

A chefe do grupo voltou a explanar:

– Vamos subir por esta escada, mas quem quiser pode usar o elevador que se situa no canto esquerdo deste saguão. Mas antes vou resumir em poucas palavras o acervo magnífico que teremos a oportunidade de conhecer. A coleção de artes teve início com peças trazidas de Portugal por Dom João VI em 1808. Essa coleção foi ampliada em 1816 com pinturas reunidas por Joaquim Lebreton, chefe de uma missão artística francesa, formando a mais importante pinacoteca do país. Esse acervo original foi enriquecido com importantes incorporações e doações ao longo do século XIX e início do século XX. Uma das doações mais antigas é o busto de Antínoo, deus do Egito, adorado pelos gregos como Dionísio e pelos romanos como Baco. Esta peça foi doada ao museu pela imperatriz Teresa Cristina. Hoje o museu conta com cerca de 15 mil peças, que incluem pinturas, esculturas e gravuras de artistas nacionais e estrangeiros. Estão em exposição nas duas galerias do primeiro andar esculturas dos deuses greco-romanos. Nós vamos primeiro a essas galerias e depois subiremos outra escada para visitar o maravilhoso acervo que retrata a história das artes plásticas no Brasil desde seus primórdios.

Os turistas, Ana Lúcia entre eles, entraram na galeria próxima à biblioteca do museu. Os deuses gregos os esperavam em todo seu esplendor: estátuas em tamanho natural, esculpidas com tamanha perfeição que pareciam sorrir e cumprimentar as pessoas. Artemis, Apolo, Palas Athena, Zeus se misturavam a entidades mitológicas: Pã com sua flauta, ninfas e heróis.

A moça estava tão deslumbrada que por alguns momentos esqueceu-se de sua situação caótica, mas, quando viu que as pessoas se retiravam da galeria, correu atrás dos turistas. Eles atravessaram o átrio do primeiro andar e foram para o lado oposto, onde se situava a outra galeria. Em frente a ela, uma escultura de um homem sentado, sem roupa, com uma caneca na mão.

A guia explanou:

– Esta escultura é de Diógenes, o célebre filósofo grego.

Entraram na galeria, as estátuas tão perfeitas quanto as do outro espaço.

— Aqui os deuses romanos, ou melhor, com a adaptação que os romanos fizeram dos deuses helênicos — explanou a condutora da excursão.

Depois de andarem pela galeria apreciando as esculturas, algumas senhoras entraram por uma porta lateral: era um banheiro feminino. Ana Lúcia olhou para os lados e viu seu perseguidor à porta da galeria ao lado da escultura de Diana. Não vacilou, foi para o banheiro também. Aqui ele não pode entrar e vou tentar chamar o Carlos com meu celular.

As senhoras entraram no banheiro. Ana Lúcia encostou-se na pia, abriu a bolsa e apanhou o celular. Quando levantou a cabeça, pôs-se a tremer. O homem estava à porta da toalete; sorria o mesmo sorriso zombeteiro e fez menção de se aproximar, quando uma das senhoras saiu de uma das cabines e falou para ele:

— O banheiro masculino fica do lado oposto.

O sujeito se afastou alguns passos. Ana Lúcia entrou correndo em uma cabine. Tremia e chorava. Pendurou a bolsa e tentou fazer uma ligação. Estava com medo de chamar a polícia, achou melhor ligar para o seu amigo.

Discou uma vez. *Atende, Carlos, atende, pelo amor de Deus.* Do lado oposto, som de ocupado. Esperou alguns segundos. Escutou a porta dos outros dois banheiros se abrindo e as moças lavando as mãos. *Oh, meu Deus, vou ficar sozinha aqui.* Discou novamente. *Atende, Carlos, atende...* Nesse instante escutou passos e uma gargalhada demoníaca.

— O que vou fazer? Estou perdida.

# CAPÍTULO 9

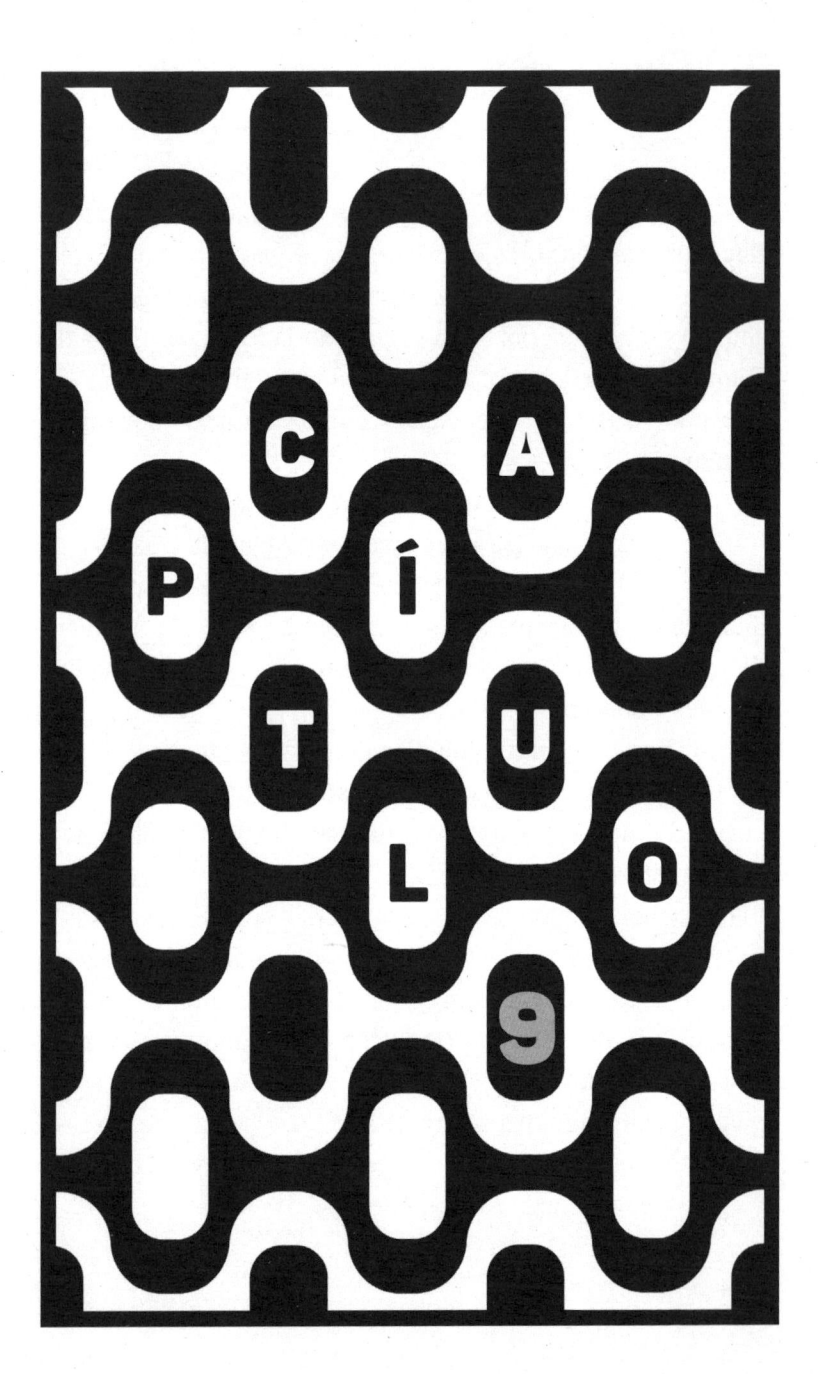

Doutor Percival estacionou em frente ao prédio da empresa Skintouch no Botafogo. Entrou no primeiro andar. Um furgão com o nome da firma saía da garagem carregado de mercadorias, que deveriam ser distribuídas nas lojas.

Paulo Cavalcante foi recebê-lo.

– A que devemos a honra de sua visita, delegado?

– Nada especial. Só queria conhecer a fábrica da Skintouch.

– Entre, por favor. Aceita um cafezinho?

– Apenas uma água, obrigado.

Paulo Cavalcante foi ele próprio à copa que ficava na lateral daquele espaço e voltou com uma garrafa de água mineral e dois copos.

– Foi aqui que teve início nossa empresa. Antes tudo era feito aqui, mas, como a demanda cresceu, tivemos de adquirir um barracão no Rio Comprido e desviamos a confecção para lá, porém continuamos fazendo grande parte do serviço neste prédio. É daqui que manobramos todo o nosso movimento. Enviamos os tecidos com os modelos, tamanho etc. para o corte e confecção e eles nos devolvem as peças prontas, que são supervisionadas, embaladas, escalonadas e enviadas para as lojas.

De fato, em um lado do cômodo, duas moças, uma defronte de um computador e outra com uma caderneta na mão, iam orientando outras moças, que apanhavam as peças de um conjunto maior colocado sobre uma mesa. Separavam por números, dobravam cuidadosamente, colocavam em invólucros e em seguida em caixas. Depois outra jovem ia fechando as embalagens e colocando um adesivo da loja destinatária. Dois rapazes apanhavam esses fardos para abastecer os furgões.

– Muito bem organizado – comentou doutor Percival.

– Vamos aos outros andares.

O segundo andar era muito bonito. Paredes pintadas, chão de porcelanato, várias poltronas em frente a uma grande tela de TV, onde desfilavam manequins com as roupas da Skintouch.

Alguns compradores estavam instalados nas poltronas. Havia um balcão com uma registradora, controlado por uma moça e um rapaz que embalava as peças que os fregueses queriam eles mesmos retirar da fábrica.

– Não fazia ideia de que fosse tão bem arrumado.

– Tudo criação de minha esposa.

– E onde ela trabalhava?

– No terceiro andar.

Chegando ao andar superior, doutor Percival notou que havia várias escrivaninhas, computadores e pessoas trabalhando.

– Aquela escrivaninha lá no cantinho era o lugar onde minha esposa ficava desenhando. Apesar de que, com esta azáfama que se tornou isso aqui, ela tinha planos de passar a trabalhar em casa.

De fato, ali funcionavam o RH e o controle total da empresa.

– E a secretária da dona Regina Maria?

Paulo chamou uma moça que estava trabalhando em uma das escrivaninhas.

– Venha aqui, Helena, quero lhe apresentar o doutor Percival.

A moça caminhou até eles. Devia ter, no máximo, 35 anos.

– Muito prazer – disse doutor Percival.

– Helena é uma estilista muito capacitada. Vem fazendo algumas adaptações nos desenhos deixados por Regina, porque precisamos de peças inusitadas para a coleção de inverno, que não tarda.

– É... realmente, faz quase dois meses que dona Regina despareceu.

– E, por falar nisso, o senhor conseguiu alguma pista do paradeiro de minha esposa?

– Acho que sim. Mas depois falaremos sobre isso em particular. Agora eu quero conversar com dona Gertrudes. Não é este o nome da secretária pessoal de dona Regina Maria?

– Bem, delegado, dona Gertrudes não está mais aqui.

– Mas como assim?

– Depois do desaparecimento de minha esposa, ela pediu um afastamento temporário. Já estava muito cansada e ficou muito abalada com o que aconteceu.

– Ah, entendo – respondeu doutor Percival, bastante desapontado. – E onde eu posso encontrá-la?

– Ela foi para São Paulo, para a casa de sua mãe.

– Ela ainda tem mãe? Pergunto porque soube que dona Gertrudes já é idosa.

– Tem sim, uma senhora centenária.

– Bem, quero o endereço delas.

– Vou lhe passar agora mesmo.

– E você, Helena – perguntou doutor Percival, dirigindo-se à moça –, chegou a conhecer dona Regina?

– Muito pouco. Eu vim para cá dois meses antes do desaparecimento de nossa patroa.

– Está bem – disse o delegado, colocando no bolso o endereço que Paulo Cavalcante pedira para a secretária copiar.

# CAPÍTULO 10

Ana Lúcia tremia e invocava ajuda divina, quando escutou a voz de uma das inspetoras do museu.

– Faça o favor de se retirar, meu senhor. O banheiro masculino fica do outro lado da galeria.

– Estou esperando minha esposa que não está se sentindo bem – mentiu o bandido.

Ana Lúcia teve um lampejo. *Eu grito agora ou estou perdida*, pensou e o fez o mais alto que conseguiu.

– Não é verdade, senhora guarda. Este sujeito está me perseguindo.

A guardiã da galeria colocou a mão em um pequeno aparelho que trazia no cinto do uniforme. Imediatamente um alarme soou tão alto que poderia ser ouvido em todo o museu.

O bandido saiu correndo, mas conseguiu empurrar a moça, que escorregou e caiu violentamente de costas. Ana Lúcia abriu a porta do banheiro e se precipitou para socorrer a guardiã.

– Não consigo me mover. Pegue o telefone que está no meu cinto, disque o 7 e passe nossa posição para a portaria.

– É claro – respondeu Ana Lúcia, trêmula. – Por favor, nos socorram e chamem uma ambulância; a chefe da galeria está ferida.

Em instantes, dois rapazes da portaria chegaram para prestar socorro.

– O que aconteceu aqui?

Ana Lúcia narrou em poucas palavras o ocorrido. Os moços chamaram uma ambulância e a polícia.

O museu estava em polvorosa. Ouvindo o barulho do alarme, as pessoas pensaram que fosse incêndio e se precipitaram correndo escada abaixo. A confusão ajudou o perseguidor de Ana Lúcia a fugir.

Os paramédicos examinaram a guarda ferida e a puseram em uma maca.

– Como ela está? – perguntou Ana Lúcia.

– Não é grave, vai ficar bem.

Ana Lúcia sentiu-se mais calma com essa resposta.

Depois que retiraram a funcionária ferida, os policiais perguntaram se havia um lugar onde pudessem conversar com Ana Lúcia e os guardas do museu. Foram todos para a biblioteca.

– Quem é este homem, senhorita? – inquiriram-na.

– Não sei; ele estava me perseguindo. Quando vi uma excursão na frente do museu, eu me coloquei entre eles, tentando despistá-lo.

– Mas a senhorita não o conhecia?

– Nunca o vi antes.

– E por que ele a estava perseguindo?

– Não sei, mas acho que tem a ver com o desaparecimento de minha patroa.

– Quer se explicar melhor?

A moça lhes narrou tudo que havia acontecido com dona Regina e com ela própria.

– Eu sei desse caso – disse um dos policiais. – Vamos remeter todas as informações à delegacia de Copacabana. Provavelmente a senhorita será chamada para depor.

O policial se voltou para os rapazes da portaria.

– E vocês viram este homem? De acordo com o que a moça nos contou aqui, ele usava um blusão de couro, boné branco e óculos escuros.

Dois dos guardas disseram que haviam subido assim que soou o alarme. Esbarraram em algumas pessoas que desciam as escadas, mas, no afã de prestar socorro, não repararam em quem descia.

– E você? – indagou o policial ao guarda que permanecera no saguão do museu.

– Bom, havia muita gente descendo pelas escadas e pelo elevador, não sei... ou melhor, acho que vi, sim. Chamou minha atenção um homem que vestia casaco de couro, porque achei absurdo usar uma roupa daquela com esse calor horrível que está fazendo hoje. Só que não me lembro se usava boné.

– Ele deve ter tirado o boné para despistar – disse um dos policiais. – Mas vamos remeter todas as informações a Copacabana. Os senhores estão dispensados. – E voltando-se para Ana Lúcia: – Quer que a acompanhemos até sua casa?

– Bem, se puderem ir comigo até a esquina para eu tomar um táxi, já está bom.

Um dos policiais acompanhou a moça, fez sinal a um táxi e, após colocá-la dentro e se certificar de que estava tudo certo, se despediu:

– Toma cuidado, moça!

Encolhida no táxi, cansada e com fome, Ana Lúcia pensava em como, de repente, sua vida se complicara. Perdera a patroa, de quem ela gostava muito, e agora estava acuada, sem poder sair de casa, sem poder trabalhar.

Ao abrir a porta do apartamento, se deparou com Carlos, que a esperava.

– Onde você estava? Não lhe falei para não sair porque é perigoso?

A moça não respondeu. Abraçou o amigo e começou a soluçar desesperadamente.

– O que aconteceu, meu bem?

Apanhou uma xícara e colocou café com leite quente para ela.

– Tome, vai lhe fazer bem.

Ana Lúcia tomou a bebida com sofreguidão. Não pudera se alimentar na cidade e o estômago lhe doía.

– Vou lhe contar tudo, Carlos. Só me dê alguns momentos. Preciso tomar um banho. Acho que vou me sentir melhor.

A moça saiu do banho com um roupão velhinho e um chinelinho nos pés. Assim reconfortada, estava se sentindo melhor.

– Vai me contar agora? – perguntou o rapaz.

– Claro, mas primeiro me responda uma coisa: não ouviu minhas chamadas telefônicas?

– Ouvi e fiquei muito preocupado porque não consegui me comunicar com você.

– Será que é porque eu estava dentro do museu?

– Que museu, Ana Lúcia? O que você estava fazendo em um museu?

Ana Lúcia contou detalhadamente tudo que lhe acontecera naquele dia.

– Oh, querida! – disse o rapaz segurando-lhe as mãos. – Você poderia estar morta.

– Não fale isso, eu fico mais apavorada.

Carlos a abraçou. Ana Lúcia colocou a cabeça no ombro do rapaz e pensou em como era bom ter alguém em quem se amparar. Levantou o rosto devagar e colocou seus lábios nos do moço.

– Eu te amo, Carlos. O que seria de mim sem você?

O moço a abraçou com sofreguidão e a carregou para a cama. Ela se deixou levar e as carícias do rapaz a foram acalmando e levando a um mundo paralelo onde só havia felicidade e prazer. Permaneceram assim, em um verdadeiro êxtase, por alguns minutos, mas repentinamente Ana Lúcia enrijeceu o corpo, empurrou o rapaz e começou a chorar.

– Não posso, Carlos, por mais que eu o ame. Não posso, não consigo.

– Mas por que, querida? O que eu fiz de errado?

– Você não fez nada, meu amor. Você é maravilhoso.

– Então o que é, Ana Lúcia? Eu já lhe perguntei tantas vezes.

– E eu nunca quis contar, não é?

– Não entendo.

– Mas hoje, depois que vi a morte de perto pela segunda vez, eu resolvi que quero ser feliz, quero ser feliz a qualquer custo. Vou lhe contar, vou lhe contar um segredo que só meus pais sabem. Dona Marieta sabia também, mas ela já faleceu. Talvez abrindo meu coração eu me livre desse fantasma que me persegue. Eu morava com minha mãe na Vila Isabel. Tinha onze anos. Meu pai falecera, mas nos deixara uma pequena casa, onde vivíamos. Minha mãe trabalhava em uma fábrica de tecidos e eu estudava em uma escola do bairro. Durante certo tempo fomos felizes, apesar da saudade que sentíamos do meu pai.

Ela respirou fundo e prosseguiu:

– Ocorre que minha mãe começou a namorar um sujeito muito estranho. Enquanto estavam apenas namorando, ele se fez passar por uma pessoa melhor; porém, quando veio morar conosco, começou a mostrar quem realmente era. Deixou o serviço alegando que o patrão havia sido injusto com ele, mas também não procurou outro. Passou a viver às custas de minha mãe e passava grande parte do dia no botequim da esquina, tomando cachaça e jogando bilhar. Para pagar seus gastos, começou a extorquir dinheiro de minha mãe e, consequentemente, faltaram víveres em casa. Comecei a notar que, quando minha mãe estava ausente, ele me olhava de maneira esquisita. Eu ficava com medo e procurava evitá-lo. Quando vinha da escola, limpava a casa bem depressa e em seguida pegava meu material escolar e me refugiava na casa de dona Marieta. Era nossa vizinha, uma senhora simpática e bondosa. Viúva, idosa, morava sozinha e ficava feliz com minha companhia. Nossas casas eram bem próximas, separadas apenas por um pequeno muro. Eu contava a ela tudo que se passava em nossas vidas e ela me aconselhou a ficar o mais longe possível do Terêncio. Era o nome do companheiro de minha mãe.

Carlos ouvia em silêncio, espantado.

– Fui levando minha vida assim, procurando me esquivar do Terêncio. Ficava o tempo que podia na escola e havia dias que ia diretamente para a companhia de nossa vizinha. Só quando minha mãe chegava da fábrica é que eu ia ajudá-la nas lides domésticas. Um dia, porém, ao voltar do colégio, precisei entrar em nossa casa para apanhar um livro. Quando ia saindo do meu quarto, ele se postou na porta, apoiando-se nos batentes laterais, e não queria me deixar passar. "Quer fazer o favor de sair do meu caminho?", eu falei. "Só se me der um beijo", ele respondeu com escárnio. Penso que fiquei lívida. "Sai, senão eu grito", eu ameacei, e forcei passagem por um lado. Ele, então, segurou com força meus ombros e me beijou.

Ela olhou Carlos bem no fundo dos olhos e retomou forças para continuar:

– Você não imagina, Carlos, a náusea que senti e sinto até hoje quando me recordo desse fato. Mas eu era uma menina esperta e ligeira. Dei um chute no meio das pernas dele e saí correndo. Ele foi atrás e só consegui escapar porque havia deixado a porta da sala aberta quando entrei. Atravessei nosso pequeno jardim e corri para a casa de dona Marieta. Cheguei lá chorando muito. Minha amiga me abraçou e me aconselhou a contar tudo para minha mãe. "Você tem que contar, minha filha, a coisa ficou muito séria", ela disse.

– E sua mãe, o que fez?

– Bom, ela ficou triste, mas mandou o sujeito embora. Durante alguns meses fiquei sossegada, porém um dia, voltando da escola, enxerguei minha mãe conversando com o Terêncio na esquina. Passado pouco tempo, aquele homem horrível estava de novo dentro de nossa casa. Eu chorei, argumentei: "Ele não presta, mãe. Não tem respeito pela senhora!". "Não, filha", passava as mãos nos meus cabelos, "ele me jurou que nunca mais vai molestá-la. Vamos lhe dar mais uma chance; o coitado não tem para onde ir". Eu achei um absurdo a atitude de minha mãe, mas tive que me submeter. Tomava o dobro de cuidado e passava mais tempo na casa de dona Marieta.

Ana Lúcia fez uma pausa. Levantou-se e foi pegar um copo de água.

— Sabe, Carlos, hoje, quando o bandido que me perseguiu na cidade ficou perto de mim na Igreja de São Francisco, sorrindo com escárnio, eu pensei que estivesse enxergando o Terêncio na minha frente.

Carlos abraçou-a com carinho.

— Esqueça esses dois sujeitos horríveis. Já passou. — Mas, após refletir alguns momentos, indagou: — Você acha que pode ser o mesmo? Acha que o Terêncio pode ser este bandido de ontem?

— Bom, acho que não. Este agora é moço, bem mais moço.

— Menos mal.

— Sabe, meu querido, dizem que toda tragédia tem um lado bom. Não sei se é verdade o dito popular, mas no meu caso houve algo de bom. Foi a amizade que fiz com dona Marieta. Ela não tinha netos; eu não tinha avó. A amizade entre nós foi crescendo a cada dia, até se transformar em amor. Ela era boníssima para mim e eu passei a amá-la e respeitá-la como uma avó. Até hoje, quando fecho os olhos, eu a visualizo. Usava vestidos escuros, com manga até no cotovelo. O cabelo crespo e branquinho cortado à nuca parecia uma peruca de algodão. Os olhos verdes, com um olhar inteligente e ao mesmo tempo cheio de ternura. Creio que foi um anjo que Deus colocou em minha vida naquele momento para me socorrer.

— É verdade, mas você também deve ter sido uma dádiva do céu para ela.

— Acho que fui, sim. Ela dizia que eu era a netinha que ela não tinha e que minha amizade fez a vida dela se tornar mais leve.

Ana Lúcia se calou por uns instantes. Olhou para o moço a sua frente.

— Não sei, Carlos, se tenho forças para lhe contar o resto dessa ocorrência tão triste de minha vida.

— Se quiser deixar para depois... — disse o moço, resignado.

— Não. — Ana Lúcia deu um suspiro. — Vou lhe contar o resto, assim já fico livre de uma vez desse pesadelo. — Então tomou coragem e continuou seu relato. — Eu passei alguns meses tranquila, acho que estava até feliz. Ia sempre para a casa de minha avó postiça. Às vezes, algumas colegas da escola me acompanhavam para estudarmos juntas. Dona Marieta ficava alegre quando havia mais meninas e fazia biscoitos para tomarmos com café. Creio que me esqueci um pouco do perigo que corria. Um dia saí da aula mais cedo. Nesse horário o companheiro de minha mãe não costumava estar em casa. Então eu entrei descuidada para apanhar uma blusa de uniforme. Não percebi a presença dele, mas quando fui sair a porta da sala estava trancada. Tentei abri-la, mas não houve tempo. O cafajeste me segurou pelo cabelo, tampou minha boca e me arrastou para o meu quarto. Consegui morder a mão dele e gritar por socorro. Eu sabia que naquele horário minha protetora costumava regar as folhagens que ficavam ao lado do muro que limitava com nossa casa. Achei que ela não havia escutado, porém ela escutara sim e correu para me socorrer. Entretanto, se deparou com o portão do jardim trancado. Ela me contou depois que ficou desesperada, sem saber o que fazer, até que avistou um menino do bairro, o Pedrinho, e o chamou. "Por favor, meu filho, pula este portão, toca a campainha da sala e grita bem alto, chamando a polícia", ela lhe disse. Pedrinho era um menino esperto. Fez exatamente o que minha vizinha pediu. Colocou a mão na campainha e disse que a polícia queria entrar. Ao ouvir a palavra "polícia", o bandido saiu de cima de mim e escapuliu pelo quintal. Porém o pior já havia acontecido. Nesse meio-tempo, até vir o socorro, o safado tinha conseguido seu intento.

Ana Lúcia começou a chorar.

– Eu fui estuprada, Carlos. Uma menina! Nesse dia, eu estava completando 12 anos. Você não imagina o horror que isso significou para mim. Depois que gritei por socorro, creio que desmaiei. Acho que ele me fez cheirar clorofórmio, não sei. Só me recordo que acordei ensanguentada e ouvindo a voz de dona Marieta me chamando na porta. Levantei-me meio cambaleante e abri uma pequena janela que havia na sala. "O que aconteceu, minha filha?", perguntou nossa vizinha, chorando. Depois de muito procurar, eu consegui achar a chave. Eu me recordo de que nos abraçamos e choramos muito naquele instante. Estávamos só nós duas. Pedrinho precisara seguir caminho. "Não sei o que fazer", ela me disse. "O certo seria chamar a polícia para colocar esse crápula na cadeia." Eu respondi: "Não, dona Marieta, eu não quero, tenho medo de que prendam minha mãe também". E ela sentenciou: "Então arrume sua mala já. Eu vou levá-la para a casa de seus padrinhos na Tijuca. Vamos conversar com eles e decidirmos o que fazer".

E o resto você já sabe, Carlos. Passei a viver com meus padrinhos, que me adotaram como filha. Fui transferida para um bom colégio na Tijuca e isso, sem dúvida, me ajudou.

— E dona Marieta?

— Ia nos visitar sempre que podia. Quando ficou doente, nós a levamos para a Tijuca e cuidamos dela.

— E sua mãe, concordou com a adoção?

— Bem, ela não teve escolha. Mas eu sempre tive pena da coitada. Naquele malfadado dia, o crápula do Terêncio sumiu no mundo com medo de ser preso. Minha mãe passou a viver muito sozinha e faleceu cedo.

— Que história triste, Ana Lúcia. Você fez bem em me contar, mas agora vamos esquecer tudo isso para sempre.

— Vou procurar tirar de minhas lembranças. Eu precisava abrir meu coração. Já o fiz. Nunca mais quero me recordar desse fato horroroso. Vou colocar uma pedra em cima.

— Isso mesmo, meu bem, e se precisar de tempo, eu lhe darei.

Ana Lúcia ficou meio desapontada.

— Você não quer mais se casar comigo? Se não quiser, vou sofrer, mas entenderei sua posição.

— O que é isso, Ana Lúcia? Por quem me toma? Acha mesmo que eu seria capaz de desprezá-la por ter sido vítima de um calhorda?

— Então, Carlos, eu não quero esperar mais. Já perdi dona Marieta, minha mãe, minha patroa e por duas vezes quase fui vítima de bandidos. Não, meu querido, eu quero ser feliz agora. Não posso arriscar perdê-lo.

O moço olhou Ana Lúcia com enorme ternura. Puxou-a para si e a beijou. E vieram outros beijos e abraços, abraços e carícias. E, embalados em um sonho de amor, perderam-se em beijos e volúpias, ternura e paixão. Assim permaneceram unidos e felizes, desligados da realidade.

    O sol os contemplou pela janela durante várias horas, até se deitar no poente. E quando a noite desceu, avistou Ana Lúcia linda e nua deitada em sua cama, os cabelos revoltos cobrindo os ombros, um corpo escultural, uma deusa de marfim.

    Ela havia se transformado. Já não era mais uma menina atemorizada, mas uma mulher forte e dona do seu próprio destino.

# CAPÍTULO 11

Doutor Percival acabara de interrogar Ana Lúcia. Era a terceira vez que ela comparecia à sua delegacia. O delegado estava apreensivo quanto ao futuro da moça. Tirou um cartão do bolso e lhe deu.

– É meu número particular. É bom memorizá-lo. Se estiver correndo qualquer perigo, ou mesmo se suspeitar que possa vir a ser vítima de alguma agressão, pode me ligar, ou melhor, deve me ligar.

Ana Lúcia agradeceu e saiu. O delegado, com o inquérito nas mãos, perguntou a si mesmo:

– Por que perseguem essa moça? Por que esse bandido quer aparecer?

O investigador Geraldo entrou na sala e pareceu ter ouvido o monólogo do delegado.

– O senhor não acha muito esquisito um bandido fazer o possível para se mostrar? O normal não seria se esconder?

– É, realmente já refleti muito sobre isso.

– E o que o senhor pensa?

– Que estão tentando desviar nossa atenção.

Pegou o telefone a sua frente e fez uma ligação para São Paulo.

* * *

O investigador de uma delegacia da Penha estacionou o carro da polícia duas ruas acima do local aonde pretendia ir. Não queria chamar atenção.

Caminhou um pouco e parou defronte de uma casa pequena, mas com aparência de muito bem cuidada. Tocou a campainha. Uma mulher de meia-idade veio atender.

– A senhora é a dona Gertrudes?

– Não. Eu tomo conta de dona Conceição, mãe de dona Gertrudes.

– Por favor, preciso conversar com a senhora. Posso entrar?

A mulher ficou indecisa. O policial apanhou sua carteira e a mostrou.

– Meu Deus, polícia! – exclamou a senhora, atemorizada.

– Não se preocupe. Sou um investigador aqui do bairro da Penha. Preciso apenas de algumas informações.

– Pode entrar.

O policial sentou-se na varanda.

– Vamos conversar aqui mesmo para não preocupar dona Conceição. Soube que é bem idosa.

– É, a mãe de dona Gertrudes tem quase cem anos.

– Pois é justamente sobre dona Gertrudes que eu queria falar.

– Aconteceu alguma coisa ruim com ela? – perguntou a mulher, apreensiva.

– Não aconteceu nada, pode ficar tranquila. Eu só preciso conversar com ela. Quer chamá-la para mim?

– Eu sinto muito, mas dona Gertrudes não se encontra.

– A que horas ela volta? Posso esperar.

– O senhor não entendeu. Ela não está aqui em São Paulo. Não sei se o senhor sabe, ela trabalha no Rio de Janeiro, em uma empresa de lingerie.

– Eu sei. Mas ela não está de férias?

– Esteve. Ficou aqui alguns dias, mas já retornou.
– E quando foi isso?
– Deixe-me ver. Nós estamos em maio; foi há dois meses.
– Ela tem ligado?
– Liga sempre e conversa com dona Conceição.
– Mas liga de onde?
– Do Rio, é claro. É lá que ela trabalha, não lhe disse?
– Dona Gertrudes tem algum sítio, algum lugar aonde costuma ir?
– Tem sim. Aqui perto de São Paulo.
– E quem toma conta do sítio?
– Tem um caseiro.
– Pode me dar o endereço?

A mulher levantou-se, entrou na casa e retornou com um papel que entregou ao policial. Ele guardou o endereço no bolso.

– Ia me esquecendo: dona Gertrudes tem algum irmão ou parentes mais chegados?
– Ela não tem irmãos. É filha única. Tem uma prima, que mora aqui mesmo na Penha. O nome dela é Cristina.
– Bem, desculpe-me pelo trabalho, mas vou querer também o endereço dessa senhora.
– Não tem importância.

A mulher entrou novamente e retornou com outra anotação.

– Muito obrigado. Se tiver notícias de dona Gertrudes, me avise. – Entregou um cartão à acompanhante de dona Conceição.

\* \* \*

O investigador Geraldo conversava com o porteiro de um prédio no Botafogo.

— Pois é, como lhe disse, gostaria de alugar o apartamento 504. Sabe qual imobiliária toma conta dele?

— Sinto muito, mas o 504 não está desocupado.

— O seu colega me disse ontem que estava fechado.

— Está fechado porque a inquilina está viajando, mas ela não devolveu o apartamento.

— Faz muito tempo que ela está viajando?

— Deixe-me ver – apanhou um calendário –, acho que há uns dois meses. Isto é, ela viajou primeiro para São Paulo, foi ver a mãe. Depois voltou, mas ficou apenas dois dias e viajou novamente.

*Como este porteiro é bem-informado*, pensou o detetive. *Fiz bem em procurá-lo.*

— Olha, meu amigo, estou muito grato pelas informações, mas preciso ver este apartamento.

— Você está louco? Não posso lhe mostrar. Já disse que está alugado.

Geraldo pegou sua credencial e a mostrou para o porteiro, que levou um susto. Conversara com o detetive sem saber que era da polícia.

— Eu fiz alguma coisa errada?

— Acalme-se, meu amigo. Você não fez nada errado. Só quero que me empreste a chave do 504, pois preciso dar uma olhada nele.

O porteiro quis indagar a razão do interesse do detetive, mas não teve coragem. Pegou a chave do 504 e a deu para Geraldo.

— Assim que terminar a inspeção, me devolva, por favor.

— Fique tranquilo, eu lhe devolverei.

\* \* \*

O policial da delegacia da Penha apertou o botão do interfone da portaria do prédio onde residia a senhora Cristina. O porteiro atendeu.
— O que deseja?
— Falar com dona Cristina.
— Vou interfonar para ver se ela pode recebê-lo.
— Ela vai me receber. — Tirou a identificação do bolso da camisa e a mostrou na câmera para que o serviçal pudesse vê-la.
— Polícia? Vou avisar que o senhor vai subir. É no terceiro andar.
Cristina se assustou ao receber a visita de um detetive policial.
— Aconteceu alguma coisa anormal?
— Fique calma, por favor. Não ocorreu nada de grave, só preciso conversar com a senhora.
— Se é assim... sente-se, por favor.
— A senhora é prima de dona Gertrudes, não é?
— Sou sim. Mas esta conversa é por causa do desaparecimento de dona Regina Maria?
— A senhora a conhece?
— Fui visitar minha prima no Rio algumas vezes e ela me apresentou dona Regina. Sabe, entre elas não havia apenas uma relação de emprego. Eram amigas.
— Que bom. Mas eu queria lhe fazer algumas perguntas sobre sua prima.
— Mas por quê?

– Não se preocupe. Não é nada grave, mas num caso como esse a polícia precisa pesquisar todos os detalhes.

– Está bem.

– Dona Gertrudes é filha única?

– É sim. Tia Conceição se casou com quase quarenta anos, por isso só teve uma filha; aliás, uma ótima filha.

– Por que ela mora no Rio e a mãe aqui em São Paulo?

– Meus tios moravam no Rio de Janeiro. Há alguns anos tiveram que se mudar por causa dos negócios de meu tio. A Gertrudes permaneceu no Rio porque estava muito bem empregada, mas ela vinha visitar os pais sempre que podia. Depois do falecimento de seu pai, ela vem todos os meses ver a mãe.

– Este mês ela veio?

– Não.

– Por que não veio?

– Ela está fora do país.

– Onde ela se encontra?

– Ela me ligou, disse que está na Europa.

– Qual foi a última vez que ela veio aqui?

– Foi em março.

– Ela estava bem?

– Estava muito abalada com o desaparecimento de dona Regina Maria.

– E ela disse à senhora que iria viajar?

– Não. Ela me disse que iria para o sítio da família. Ela gosta muito de lá, cuida das plantas, tem um galinheiro.

– E por que foi para o exterior?

– Realmente não entendi. Acho que deve ter surgido alguma oferta, sabe, turismo com preço mais acessível.

– De que país ela ligou para a senhora?
– Da França.
– Bem, por hoje é só.
O detetive agradeceu e partiu.

* * *

Geraldo entrou no apartamento 504. Acendeu a luz. Era uma sala e estava em ordem, apenas um pouco empoeirada. Em cima da cômoda havia um porta-retratos com uma foto de duas senhoras. Uma delas, aparentando ser mais velha, estava sentada em uma poltrona. A outra estava em pé, a mão pousada no espaldar da cadeira. *Devem ser dona Gertrudes e sua mãe*, pensou o detetive. Abriu a janela para entrar mais luz. A mulher que estava em pé era magra, alta e tinha o cabelo curto e grisalho. É dona Gertrudes com certeza, pois a foto corresponde à descrição que o porteiro me fez da proprietária do imóvel. Procurou um ângulo favorável e tirou algumas fotos do retrato. Isso vai nos ajudar a encontrar a senhora desaparecida. Em seguida olhou a cozinha, mas não encontrou coisa alguma que lhe desse uma pista do que havia acontecido com a dona da casa. Por último, examinou o quarto da senhora. Algumas peças de roupas estavam espalhadas em cima da cama; as portas dos armários, semiabertas. É, refletiu o detetive, *parece que dona Gertrudes viajou às pressas, do contrário não deixaria este quarto desarrumado. Não combina com a personalidade de uma secretária eficiente.*

* * *

O carro de polícia estava parado no trânsito na saída de São Paulo. O policial poderia ter forçado passagem, mas preferiu esperar. Depois de quase uma hora, o trânsito melhorou e o carro passou a trafegar na via Dutra. Antes de chegar a Jacareí, o automóvel entrou em uma estrada de terra lateral. À medida que o carro rodava, o policial que o dirigia ia admirando a paisagem.

A pequena estrada era ladeada por árvores frondosas. Depois o caminho ficou mais estreito e de ambos os lados viam-se cercas vivas formadas por hortênsias azuis e cor-de-rosa que se alternavam. Rodando mais uns cem metros, o policial se deparou com um jardim multicor: rosas, dálias, margaridas e outras flores coloriam a frente de uma casa, ladeada por uma aprazível varanda, que parecia acolher as pessoas que lá chegavam.

O policial desceu do carro e ficou parado por alguns instantes contemplado a paisagem, pensando o quanto seria bom poder permanecer alguns dias ali naquela chácara. *Que paz, que diferença do barulho e do tumulto de São Paulo*, pensou ele. *A proprietária deve gostar demais desse sítio.*

Um senhor veio atendê-lo.

– O que o senhor deseja? A proprietária não se encontra no momento. Eu sou o caseiro.

– Quero apenas conversar um pouquinho.

– Sim, mas quem é o senhor?

O policial explicou quem era e o caseiro o convidou a se sentar no alpendre.

– Sobre o que o senhor deseja conversar?

– Este sítio pertence a dona Gertrudes, certo?

– É, pertence, sim. Ela gosta muito daqui.

— Dá para notar por quê. Está tudo tão bonito e bem-cuidado. Ela vem muito aqui?

— Costuma vir uma vez por mês. Mas quando está de férias permanece mais dias.

— Quem mais frequenta este lugar?

— Bem, às vezes minha patroa traz amigos e quase sempre dona Cristina vem com ela. A mãe dela, dona Conceição, também gostava de vir, mas agora está doente.

— E quem são esses amigos?

— Colegas de trabalho, amigas de São Paulo.

— E a patroa dela já esteve aqui?

— Sim, já esteve.

— Com o marido?

— Não, ele nunca veio.

— Alguma vez esteve aqui um conhecido da senhora Regina Maria chamado Ernesto Costa?

— Bom, já veio bastante gente aqui, mas não me recordo de ninguém com este nome.

— E onde dona Gertrudes está hoje?

— Penso que esteja no Rio de Janeiro. Nesses últimos dois meses ela não veio. Dona Cristina foi quem trouxe o dinheiro de que precisávamos.

— Compreendo. Mas você sabe por que ela não veio nesses últimos sessenta dias?

— Não sei, não me meto na vida da patroa. Com certeza não pôde vir, deve estar com muito trabalho.

— É, deve ser isso mesmo. De qualquer forma, muito obrigado pela ajuda.

O policial partiu e o caseiro ficou pensando: Por que será que a polícia quer saber da vida de dona Gertrudes?

\* \* \*

Doutor Percival atendeu ao telefone. Era o delegado do bairro da Penha em São Paulo.
- Tem boas notícias para mim?
- Infelizmente não, doutor. Meu ajudante da maior confiança esteve na casa de dona Gertrudes, foi a um sítio da família e conversou com uma prima dela. Mas as informações são contraditórias. A cuidadora de dona Conceição, mãe da senhora Gertrudes, e o caseiro que toma conta da chácara afirmam que ela está no Rio de Janeiro. Já a prima diz que recebeu uma ligação dela da França. Mas todos os interrogados são unânimes quando afirmam que viram dona Gertrudes há dois meses. Sinto muito não ter podido ajudar mais. O relatório detalhado foi enviado no e-mail que nos foi passado.
- Eu lhe agradeço pela colaboração.
- É isso aí, doutor. Caso tenhamos alguma notícia da senhora desaparecida, entraremos em contato com vocês.

Doutor Percival agradeceu mais uma vez e desligou. *Que coisa terrível*, pensou, *agora são duas mulheres desaparecidas. Onde andará dona Gertrudes?*

Nesse instante o investigador Geraldo entrou na sala do delegado e pareceu adivinhar o pensamento do doutor Percival.
- Dona Gertrudes está viajando.
- Viajando? Para onde?
- Isso não consegui apurar.

O detetive narrou minuciosamente tudo o que fizera.
- Mas como você sabe que ela está viajando?
- Pela desordem no quarto, percebi que arrumou as malas às pressas, mas, além disso, estive na imobiliária que

cuida do apartamento 504 e eles me disseram que a inquilina havia informado que estaria empreendendo uma longa viagem. Pagou adiantado o aluguel referente a três meses.

– Interessante. E o condomínio, deixou pago também?

– Bom, conversei com o síndico. Existe uma pessoa aqui no Rio que não se identifica, porém liga todos os meses, pergunta o valor do condomínio e deposita o dinheiro na conta do síndico.

– Ele não disse, pelo menos, se a voz é de homem ou de mulher?

– É uma voz feminina.

– É, meu amigo, este caso cada vez se complica mais. – Refletiu por alguns instantes. – Tome conta da delegacia, acho que está na hora de comprar mais uma camisola.

*Camisola?*, Geraldo pensou, sem entender nada. *Será que o doutor está bem?*

\* \* \*

Doutor Percival entrou na loja da Skintouch de Copacabana. Simone veio recebê-lo sorrindo.

– Simone – disse o delegado com seriedade –, preciso muito conversar com você.

– Nossa, o que aconteceu agora? Vamos para uma salinha reservada nos fundos.

A gerente chamou uma das vendedoras para tomar conta do caixa e se dirigiu para um cômodo no fundo da loja, acompanhada pelo policial.

– O senhor parece nervoso.

– Realmente, Simone, estou um pouco tenso. Você não havia me aconselhado a conversar com a secretária de dona Regina Maria?

— Aconselhei. O senhor conversou?
— Você não sabia que ela está desaparecida?
— Como assim? Talvez tenha tirado férias ou se aposentado. Já está idosa.
— Se tirasse férias, para onde ela iria?
— Eu creio que ficaria com a mãe em São Paulo.
— Pois é, ela não está em São Paulo nem aqui no Rio. Tudo indica que viajou às pressas, mas deixou uma amiga encarregada de pagar o seu condomínio.
— O senhor está achando que sou eu?
— Creio que você não faria uma coisa dessas sem nos avisar, não é?
— É claro que não. Eu nem sabia que ela havia viajado – retrucou a moça, sentindo-se ofendida.
— Não precisa ficar preocupada, minha amiga. Eu só queria saber se você tem ideia de quem possa estar pagando o condomínio para ela.
— Bem, deixe-me ver. Ela é bastante amiga da Raquel. Não sei se ela faria isso para Gertrudes.
— Quem é Raquel? Onde posso encontrá-la?
— É muito fácil, doutor, ela trabalha aqui.
Simone foi ao saguão da loja e voltou acompanhada de uma funcionária magrinha, com aspecto muito tranquilo.
— Este senhor quer lhe fazer uma pergunta, ele é delegado.
— Aconteceu alguma coisa aqui na loja? – perguntou a moça, apreensiva.
— Não aconteceu nada aqui – respondeu o delegado. – Só quero saber se você é amiga de dona Gertrudes, secretária de dona Regina Maria.

– Sou, sim.

– E por acaso você sabe se ela está viajando?

– Está sim; ela até me pediu para pagar o condomínio do apartamento dela enquanto estivesse fora.

– Mas ela lhe envia o dinheiro necessário?

– Ela deixou 3 mil reais comigo e eu estou fazendo esse favor para ela. Mas por que estão me perguntando? Aconteceu alguma coisa ruim com a Gertrudes?

– Não aconteceu nada, ou espero que não tenha acontecido – respondeu o delegado. – Você sabe onde ela se encontra?

– Bem, ela me disse que iria para a França e de lá iria a outros países da Europa.

– Ela já ligou para você?

– Duas vezes. Disse que estava gostando muito do passeio.

– Não se assuste, moça, não tem nada errado com você, mas preciso que vá amanhã às dez horas até a delegacia aqui de Copacabana.

Passou um cartão para Raquel.

– É neste endereço. Por favor, leve o seu celular e não apague a memória dele. Precisamos examiná-lo. É para o seu celular que ela liga, não é?

– É sim, doutor.

Doutor Percival pediu desculpas a Simone pelo susto que lhe dera e se despediu.

* * *

O delegado chamou o detetive Geraldo.

– Tenho uma incumbência para você.

– Para quando, doutor?

– Para este instante. Vá pessoalmente checar todas as companhias aéreas que têm voos para o exterior. Verifique se nesses dois últimos meses viajou uma senhora chamada Gertrudes Faria. Cheque também os navios.

Daí a alguns minutos o investigador saiu e o delegado ficou conjecturando: *Onde dona Gertrudes conseguiu dinheiro para permanecer tanto tempo no exterior? Será que ela sabia que dona Regina estava sofrendo chantagem? Será que recebeu dinheiro do Ernesto Costa para sumir por uns tempos? Ou... está escondida?*

* * *

Raquel estava sentada à mesa do delegado. Enquanto respondia às perguntas formuladas a ela sobre dona Gertrudes e dona Regina Maria, um perito examinava o celular da moça.

Dali a algum tempo retornou.

– Na memória deste celular não figura nenhum código de ligação feita do exterior.

Doutor Percival apanhou o aparelho e perguntou à inquirida:

– Você tem certeza de que recebeu ligação da França neste celular?

– Bem, eu só sei que Gertrudes disse que estava na França.

– Você não tem outro telefone?

– Não, doutor, é só este mesmo.

Doutor Percival virou-se para o técnico.

– Copiou todos os códigos que figuram aí?

– Copiei, doutor, está tudo certo.

O delegado devolveu o telefone a sua proprietária.

– Pode ir, você nos ajudou bastante. Se sua amiga ligar, passe meu telefone para ela. – Deu um cartãozinho a Raquel. – Não deixe de passar, ela pode estar precisando falar comigo.

– Ela está correndo perigo, doutor?

O delegado não quis alarmar a moça.

– É só precaução.

* * *

Geraldo já checara todas as empresas aéreas que tinham voado para o exterior nos últimos dois meses. Porém, todas foram enfáticas: o nome de Gertrudes Faria não figurava na lista de passageiros.

*Bom, só me falta procurar as companhias de navegação*, pensou.

Entrou na agência da empresa Mares do Sul e, depois de alguma espera, foi recebido pelo atendente.

– Deixe-me ver. – Abriu o computador. – Gertrudes Faria... viajou, sim, há dois meses no transatlântico World.

– Ótimo. Em que país ela desembarcou?

– Bom, esta viagem levava os passageiros para a Espanha. Acho que ela foi para lá. – Voltou a olhar o nome na tela. – Não, espere aí, esta passageira não foi para a Europa.

– Foi para onde, então?

– Alguns passageiros só fizeram as costas brasileiras. Ela desembarcou em Recife.

– Recife?

– Isso mesmo, em Recife, Pernambuco. Pelo menos é o que consta de nossa lista.

\* \* \*

Doutor Percival ficou alegre com a explanação do detetive.

– No Brasil fica mais fácil procurar dona Gertrudes, o senhor não acha?

– Fica sim, Geraldo, mas eu fiquei contente por ela não ter ido para o exterior porque, se o tivesse feito, estaria gastando muito dinheiro e eu tinha temor de que ela tivesse feito algo errado. Além disso, uma coisa dessas não se encaixava no perfil de uma senhora com uma reputação ilibada.

– Então o senhor acha que ela está escondida?

– Tenho quase certeza disso.

– É verdade. Ela deve saber de muita coisa a respeito da patroa.

– É isso aí, precisamos encontrá-la e lhe dar a proteção necessária. Você fica encarregado de entrar em contato com as delegacias do Nordeste.

– Está bem, doutor.

# CAPÍTULO 12

Doutor Percival entrou na ampla sala de espera.

– Sente-se, por favor. O doutor Gabriel já vai atendê-lo – disse a secretária com um sorriso.

O delegado sentou-se na confortável poltrona de couro. Olhou à sua volta: as demais poltronas eram iguais à que ele se sentara e pareciam muito confortáveis. A sala possuía poucos móveis, mas de muito bom gosto: uma mesa de centro com algumas revistas, um porta-guarda-chuvas metalizado e a escrivaninha onde se achava a atendente, um móvel prático e bonito.

Em uma das paredes, duas telas coloridas e alegres de Di Cavalcanti, uma retratando mulheres no Carnaval e a outra, duas baianas.

Doutor Percival levantou-se e caminhou até a grande janela no fundo do cômodo. Dali se descortinava uma vista encantadora do mar de Ipanema. Falou baixinho:

– Que escritório elegante, bem à altura do famoso advogado carioca, doutor Gabriel Ladislau.

A atendente o chamou:

– Pode entrar, delegado.

O advogado veio recebê-lo à porta de sua sala.

– Que prazer receber em meu escritório o grande delegado de Copacabana. Mas em que lhe posso ser útil?

Doutor Percival agradeceu e explicou que desejava saber se dona Regina Maria havia feito algum testamento.

— O doutor é advogado da família Cavalcante, pois não?

— Sou sim. Desde que a empresa da senhora Regina Maria começou a crescer, ela contratou os serviços deste escritório para solucionar os problemas pessoais e da pessoa jurídica. Apenas as causas trabalhistas vão para outro colega. Mas o senhor quer saber se ela fez algum testamento?

— Na situação atual, preciso colher todos os dados possíveis da vida de sua cliente.

— Compreendo e me ponho à disposição no que for possível e necessário para ajudar a localizar minha cliente, uma excelente cliente e pessoa maravilhosa.

— Pelo que já apurei até agora, penso que o senhor tem toda razão.

— Pois é. Dona Regina me procurou há cerca de dois anos pedindo que eu elaborasse um testamento para ela. Eu disse que faria, mas não achava necessário, pois, como a mãe dela havia falecido há dois meses e ela não tinha filhos, a fortuna do casal ficaria com o marido, se ela falecesse antes dele. Mas ela insistiu para que eu fizesse o testamento, pois queria deixar dois legados.

— Ah sim? Ela deixou legados?

— Deixou em forma de dinheiro. Se ela vier a falecer, ficou assim disposto: todos os bens imóveis e móveis, joias, ações e dinheiro ficarão para o senhor Paulo Cavalcante, porém do espólio deve-se tirar 500 mil reais para dona Gertrudes Faria e 400 mil reais para uma entidade beneficente aqui do Rio de Janeiro que trabalha arduamente para recuperar jovens viciados em drogas entorpecentes. Na verdade, a senhora Regina Maria já vem colaborando com essa casa de recuperação há alguns anos. Creio mesmo que é a maior benfeitora dessa instituição.

– É, como o senhor frisou, doutor Gabriel, dona Regina é ou era uma excelente pessoa.

– O senhor disse era, delegado? Por quê?

– Na verdade, não tenho mais muita esperança de encontrá-la com vida, mas estamos trabalhando dia e noite no caso.

– Sinto muito, delegado, e reitero o que disse. Estou a sua disposição para o que se fizer necessário.

Doutor Percival agradeceu e partiu. Foi direto para seu apartamento, precisava rever suas anotações e tentar solucionar dúvidas.

# CAPÍTULO 13

A senhora estava sentada em um banco na alameda junto ao barranco onde as ondas do mar se quebravam. O local era bonito, com quiosques que vendiam água de coco e trajes praianos. As ondas pareciam alcançar a beira da elevação. Era sempre assim. Àquela hora, logo após o escurecer, a maré já havia subido e vinha se quebrar junto à ribanceira.

O turista recém-chegado a Natal se perguntava onde ficaria a praia de Ponta Negra. Naquele instante, pelo menos, não existia nenhum vestígio do areal. Só no dia seguinte ele iria aparecer. Por volta das nove e meia da manhã o mar ia vagarosamente baixando, as águas se afastando para o oceano azul, e as areias da praia surgiam como por encanto.

Ao meio-dia havia uma grande faixa de areia, com ondas se quebrando ao longe. Então os banhistas podiam se assentar nas barracas e cadeiras e entrar tranquilamente no mar. Pessoas passavam vendendo artesanato, picolés e frutas. E realmente a praia se tornava um lugar tranquilo e aprazível. Porém, às dezesseis horas, a maré paulatinamente começava a subir até retomar seu domínio noturno, escondendo a areia e se tornando dona absoluta e imponente do local. O mar parecia dizer aos homens: "Eu sou poderoso, sou o Atlântico norte".

E os homens, cabeça baixa, obedeciam ao comando do oceano. Às dezesseis horas retiravam as barracas e cadeiras.

Subiam as escadas construídas no barranco e pacientemente aguardavam o próximo dia.

Às cinco da manhã, o sol surgia claro e brilhante e dizia aos homens: "O dia é de vocês. Daqui a pouco ordeno à maré que retroaja e vocês terão sua praia, seu descanso, seu ganha-pão".

A senhora levantou-se e caminhou até o portão do hotel em que estava hospedada. A parte externa era muito agradável, com piscinas sinuosas, canteiros floridos, quiosques com redes e cadeiras de descanso. Tudo planejado para que o hóspede se sentisse relaxado. Muitas crianças brincavam ruidosamente. A senhora foi para um canto mais tranquilo e fez uma ligação para o Rio de Janeiro.

Quando acabou de falar, sua fisionomia se abriu em um sorriso. Ficara tranquilizada com o que sua amiga lhe dissera. Tirou uma caneta e uma pequena caderneta da bolsa e anotou um nome e um telefone.

*Realmente*, pensou, *se o caso do desaparecimento de minha amiga está sendo cuidado por um delegado honesto e bondoso, creio que posso ter alguma esperança. Quem sabe ela ainda esteja viva ou, se não estiver, pelo menos que os culpados sejam presos. Eu precisava conversar com esse delegado, precisava contar a ele o segredo de Regina Maria, mas como fazer? Os facínoras me ameaçaram, e pior, ameaçaram minha pobre mãe. Estou de pés e mãos atadas, não posso colocar minha mãe em perigo. Ela está tão velha e frágil! Sentou-se em um banco e ficou olhando as crianças que brincavam em uma das piscinas.*

\* \* \*

O micro-ônibus parou em uma praia.

Os turistas foram descendo, achando que estavam diante do mar, porém a diligente guia que os acompanhava postou-se à frente do grupo e os orientou:

– Estamos em Timbau do Sul, defronte da famosa lagoa de Guaraíras. Antigamente era uma lagoa comum de água doce, porém em 1908 houve uma grande cheia e a lagoa foi invadida pelo mar. Seu tamanho, que era de 3 quilômetros, passou para 38 quilômetros, o que a tornou uma imensa lagoa de água salgada. Nós procuramos vir o mais rápido possível para termos um longo prazo de maré baixa.

– Como assim? – perguntou Gertrudes, que fazia parte do grupo de turistas.

– É que agora – explanou a condutora – o mar está retraído e quem quiser fazer um passeio de lancha vai ter uma surpresa. São apenas quarenta minutos. Creio que os que forem irão gostar muito. Os demais poderão aproveitar a praia aqui em Timbau do Sul.

Gertrudes entrou em uma das lanchas, junto com mais turistas. Velejaram cerca de quarenta minutos e avistaram um bar que se erguia sobre palafitas. Naquele momento a maré estava baixa e aparecia uma pequenina porção de terra no meio da grande lagoa, onde o senhor Djalma e sua família recepcionavam os veranistas.

Gertrudes desceu com os demais. Tomou uma água de coco e ficou escutando as histórias do lugar, narradas de modo muito prazeroso pelo simpático senhor Djalma.

– Nesse momento as águas estão retraídas. Colocamos as cadeiras, os cocos e recebemos os turistas. Por volta das três horas, temos que recolocar tudo em uma lancha e voltar para a praia, pois o mar vagarosamente recobre tudo isso.

Gertrudes gostou muito da agradável família que os recepcionou, mas sentiu um pouco de medo e ficou aliviada quando a lancha, que a trouxera junto com os demais, retornou para conduzi-los à terra firme.

Quando retornavam a Natal, a guia perguntou aos participantes do passeio o que haviam achado da lagoa de Guaraíras. Alguém se manifestou:

– Fantástica!

– Preparem-se, então, pois amanhã vão conhecer algo mais fantástico ainda.

– Como assim? – indagou Gertrudes.

– Não é apenas fantástico, é admirável. Uma obra admirável da natureza. Vocês vão ver o maior cajueiro do mundo. Esta árvore ocupa uma área de 8.500 metros quadrados.

Chegaram ao hotel e, embora as pessoas fizessem inúmeras perguntas, a moça não as respondeu.

– Descansem bastante hoje, e amanhã poderão contemplar com seus olhos o maior cajueiro do mundo.

\* \* \*

No dia seguinte, quando Gertrudes desceu ao saguão do hotel, as demais pessoas que iriam conhecer o maior cajueiro do mundo já estavam esperando a jardineira que os levaria até ele. A guia chegou sorridente e informou que iriam para a praia de Pirangi, onde se localizava a célebre árvore.

– É um pequeno percurso – informou –, apenas 12 quilômetros.

Dali a alguns minutos enxergaram a copa da árvore gigantesca, cercada em toda sua extensão. Gertrudes estava curiosa. Como pode uma árvore ter uma copa tão grande?

Ingressaram em um local fechado e compraram ingressos para visitar o cajueiro.

Então, defronte de inúmeros galhos, ficaram meio atônitos. Onde estava a árvore gigantesca?

E aí veio a explicação:

– Este cajueiro foi plantado em 1888 por um pescador. Quando os galhos começaram a crescer, tombaram para os lados. Ao alcançarem o solo, estranhamente criaram raízes e daí passaram a crescer novamente, e formaram novas copas e novos galhos que também tombaram para os lados e foram se expandindo no sentido horizontal, embora as copas alcancem a altura normal.

As pessoas estavam extasiadas diante da beleza e pujança da árvore.

– Vocês estão maravilhados com a árvore. Venham tomar o suco de caju das frutas produzidas por ela, e aí, sim, verão que coisa fantástica é este cajueiro.

Gertrudes tomou dois copos do suco. Nunca provara um suco tão gostoso. Enquanto saboreava a bebida, pensava em quanto a cultura e os encantos naturais do Nordeste a estavam ajudando a suportar as saudades e preocupações. Passara mais de três meses em Recife visitando igrejas e museus e estava já há alguns dias em Natal presenciando verdadeiros fenômenos da natureza.

\* \* \*

*Vinte de dezembro de 2014.*

Gertrudes despediu-se de sua patroa e amiga Regina Maria e de seus colegas de serviço. Ela iria passar o Natal em São Paulo com sua mãe e ficaria mais três meses por lá, porque estava cansada e tinha férias acumuladas. Mal sabia ela que seria o último dia em que veria Regina Maria. Na passagem do ano, elas se falaram pelo telefone e depois não mais.

Gertrudes ligou para os colegas de trabalho e soube que dona Regina Maria só tinha ido mais um dia ou dois ao atacado da Skintouch. Em fevereiro, Paulo Cavalcante comunicou ao pessoal que sua esposa não estava muito bem de saúde e por isso ia passar o mês de fevereiro na casa do casal em Petrópolis.

Gertrudes estava feliz em seu sítio em Jacareí, cuidando de suas flores e de suas galinhas, quando sua prima Cristina ligou apavorada:

– Você não imagina o que a televisão está noticiando. Dona Regina Maria desapareceu.

Gertrudes ficou lívida.

– Mas desapareceu como?

Cristina lhe contou o que sabia. Gertrudes ficou horrorizada com a notícia e procurou voltar o mais rápido que pôde para o Rio de Janeiro.

Estava ainda horrorizada e aturdida com a ocorrência, quando recebeu uma ligação em seu apartamento a ameaçando e comunicando que havia uma passagem reservada para ela no transatlântico World. Ela deveria partir para a Europa, sem data de retorno. Ficou mais apavorada ainda. Ir para a Europa como? Não tinha documentos prontos e nem dinheiro para permanecer no exterior. E como iria abandonar a mãe doente e idosa? Por outro lado, a ameaça fora clara e contundente. Se ela não viajasse, sua mãe poderia ser torturada. Disseram também que ela não podia contar a ninguém sobre o telefonema recebido.

Gertrudes desabou. Começou a chorar e se sentiu perdida. Mas era uma mulher prática, acostumada a solucionar problemas difíceis no seu trabalho. Tomou um calmante, fez uma oração e procurou raciocinar com calma. Ligou para a companhia marítima que lhe haviam indicado e ficou sabendo que de fato havia uma passagem comprada em seu nome e que o navio partiria dali a três dias rumo à Espanha.

– Mas esse navio vai direto para a Europa?

Então veio a resposta salvadora:

– Ele irá navegar pelas costas brasileiras até Recife, pois um casal de passageiros desembarca lá. Mas pode ficar tranquila que depois ele segue direto à Espanha.

Gertrudes respirou aliviada. A situação melhorara um pouco.

Nos três dias de que dispunha, dava para tomar algumas providências.

Já era tarde; porém, no dia seguinte bem cedo, foi ao cartório mais próximo e fez uma procuração, colocando Cristina como responsável por receber a aposentadoria de dona Conceição, e ligou à prima pedindo que olhasse sua mãe e seu sítio, pois ela iria se ausentar por alguns dias. Também conseguiu uma forma de regularizar seu aluguel e condomínio.

\* \* \*

Os passageiros do navio World foram comunicados que o navio faria uma pequena parada na capital de Pernambuco. Um casal de passageiros desembarcaria em Recife.

Entretanto, três pessoas aportaram em Pernambuco.

* * *

Gertrudes procurara na internet e reservara uma pousada que considerou limpa e apresentável e com um preço módico. E ainda com uma vantagem: era próxima ao centro da cidade.

Chegando ao local, informou à proprietária que escolhera aquela cidade para passar suas férias, pois achava linda a "Veneza brasileira".

Dali a dois dias, Gertrudes parecia uma verdadeira turista: cortou e pintou o cabelo, comprou bermudas, um chapéu de palha e uma bolsa grande de algodão. Atingiu seu objetivo: ficar muito diferente para fugir do alcance dos bandidos que a haviam ameaçado, pois não sabia quantos eram nem como agiam. Trocou o chip do seu celular e, sempre que ligava para a sua mãe, para Cristina e para uma amiga que ficara de ajudá-la com o pagamento de seu condomínio, trocava de chip e de companhia telefônica.

Começou também a visitar os lugares históricos e culturais, além de ir à praia. Agora ela era uma turista.

Ainda bem que estou nesta cidade linda, repleta de igrejas barrocas, museus, artesanato e danças típicas. Assim tenho como preencher meu tempo, dizia Gertrudes consigo mesma, para se consolar daquele desterro que lhe haviam imposto. Mas a saudade de sua mãe era grande e se preocupava com os negócios que deixara em São Paulo.

*Como gostaria de contar à polícia tudo que sei. Como gostaria de contar o segredo de minha amiga Regina Maria. Mas, refletia, não sei se ela ainda está viva... e se eu disser alguma coisa e os bandidos a matarem? Oh, meu Deus, não sei o que fazer! Ademais, não posso colocar em risco a integridade de minha mãe. O melhor é continuar em silêncio, pelo menos por enquanto.*

E prosseguiu visitando lindas igrejas no Recife e na cidade de Olinda, assistindo a belíssimas demonstrações de frevo e maracatu. Foi praticamente a todos os museus e centros culturais, mas o que mais a atraiu foi a Casa da Cultura de Recife.

Quase todas as tardes ia para esse centro de cultura e lazer: andava pelas galerias apreciando as peças de cerâmica, imagens sacras, bazares de artigos de couro, bolsas, sandálias e chapéus, estandes de objetos e roupas praianas. O que mais a fascinava eram as lojas de bordados, colchas, cortinas, lindas confecções de renda renascentista.

Quando se cansava, sentava-se em uma lanchonete para saborear uma pamonha ou passas de caju.

Sempre havia shows de danças típicas ou capoeiras. Gertrudes sentia-se bem ali naquele centro cultural.

Uma tarde, estava distraída assistindo a uma roda de ciranda formada por senhoras quando reparou que dois policiais a olhavam atentamente. O primeiro pensamento que a assaltou é que poderiam ser bandidos vestidos de soldados.

Foi se afastando vagarosamente, saiu do pátio onde estava e entrou em uma das galerias. Notou que os homens a seguiam. Apressou o passo e olhou para trás. Eles vinham atrás dela. *Tenho que arrumar uma maneira de me esconder,* pensou. Misturou-se a um grupo de turistas que passavam em alarido e disfarçadamente entrou em uma loja em cuja porta havia montões de cangas penduradas. Postou-se atrás dos tecidos coloridos e escondeu-se ali. Viu passar os dois policiais. Quando os enxergou bem longe, saiu quase correndo em direção contrária. Apanhou um táxi e foi para a rodoviária. Tantos ônibus saindo para o Brasil todo. Sentiu-se muito tentada a voltar para São Paulo, mas comprou uma passagem para Natal.

# CAPÍTULO 14

A retroescavadeira trabalhava em ritmo acelerado. O manobrista tirava a terra dos lugares elevados e a colocava nas depressões. Depois iriam passar um trator. A superfície do terreno precisava ficar bem nivelada para que fosse construída a filial da fábrica de azulejos Lidomar. Era uma boa época para se trabalhar. Meados de junho. Estava prevista estiagem, com raros dias de chuva até o final de agosto.

Os engenheiros estavam no escritório improvisado ao lado do canteiro de obras. Na lida, apenas o condutor da máquina e outro operário, que orientava, em pé, o companheiro sobre as elevações do solo.

Os engenheiros conversavam sobre o serviço a ser executado.

– Já foram encomendadas a ferragem e a brita. Faltam ainda a areia e o cimento.

O companheiro aquiesceu e perguntou:

– Você acha que a firma escolheu um bom lugar? Este município de Queimados não fica meio longe do Rio de Janeiro?

– Acho que não. Estamos ao lado de Nova Iguaçu e defronte da via Dutra. Vai ser muito fácil o transporte até os atacadões.

Nesse instante escutaram um grito de pavor.

— O que aconteceu? — falaram ao mesmo tempo e saíram correndo para o canteiro de obras. Encontraram os operários muito pálidos. Um deles tremia.

— O que houve, companheiro? Parece que viram um fantasma — disse um dos engenheiros em tom de brincadeira.

Mas logo ele também ficou sério.

— Meu Deus, o que é isto?

O operário balbuciou:

— A máquina levantou daquele monte de terra ali, perto do barranco.

Diante dos quatros homens estarrecidos havia um cadáver, bastante decomposto.

— Parem tudo — ordenou um dos engenheiros —, não mexam em nada. Vou ligar para a polícia.

\* \* \*

Os policiais de Queimados se comunicaram com a delegacia de Nova Iguaçu e, após alguma espera, chegou o carro de polícia. Colocaram o cadáver com o máximo de cautela em um invólucro de plástico.

Fizeram algumas perguntas aos operários e tiraram várias fotos. Também inspecionaram o local do ocorrido para ver se achavam mais alguma coisa. Em seguida cercaram a área com hastes que haviam trazido e colocaram uma faixa isolando o lugar.

— Vamos deixar um policial aqui por enquanto. É provável que a polícia técnica venha até aqui — disse o investigador que comandava o serviço aos operários e engenheiros.

— Temos que parar com o serviço? — indagou um dos engenheiros.

– Podem trabalhar, mas do outro lado do terreno. Por enquanto não podem encostar nesta área cercada.

* * *

O delegado de Nova Iguaçu avaliou a situação do cadáver e perguntou aos seus subordinados:
– Algum de vocês sabe se deram alguma queixa de desaparecimento de alguém por aqui nesses últimos meses?
– Pelo que sabemos, houve vários homicídios, consequência de brigas de bares e bordéis e disputas de locais de tráfico, mas todos os mortos foram identificados e enterrados no cemitério local – respondeu um dos policiais.
– Verifiquem nos computadores se existem ocorrências de desaparecimento de pessoas em Queimados e nos demais municípios vizinhos. Se tivermos alguma informação, facilitará o serviço do Instituto Médico Legal.
Após uma hora de busca nos computadores e telefones, um dos policiais veio até o delegado.
– Não foi registrada nenhuma queixa de pessoa desaparecida nesta região, mas eu me lembrei de que fomos avisados pela delegacia de Nossa Senhora de Copacabana do desparecimento de uma empresária, há uns dois ou três meses.
– É mesmo! Como não me lembrei? – disse o delegado, aborrecido com seu próprio esquecimento. – Ligue imediatamente para o doutor Percival, não é esse o nome do delegado de lá?
O policial fez a ligação e se voltou para o delegado:
– Doutor Percival vai entrar em contato com o Instituto Médico Legal no centro do Rio. Pediu o favor de enviarem o corpo para lá.

* * *

Doutor Percival conversava com o perito do IML.

— É possível fazer o reconhecimento do corpo? — perguntou o delegado.

— Não vai ser muito fácil, porque o cadáver está bastante decomposto.

— Pois é, penso que não deve ser o corpo da senhora que buscamos porque ela supostamente faleceu há apenas três meses.

— Bem, a acidez da terra em alguns lugares favorece a decomposição dos corpos. O senhor a conhecia?

— Não. Mas acha que o marido deve vir tentar uma identificação?

— Creio que não. Do jeito que está, ele não vai identificá-la.

— Mas é possível fazer o exame de DNA, não é?

— Sim. Ela tem descendente ou ascendente para estabelecermos a comparação?

— Bem, dona Regina Maria não tinha filhos e os pais já faleceram há algum tempo. Mas temos o exame de DNA feito com fios de cabelos. Foi realizado no decorrer dessa busca, há uns sessenta dias.

— Assim fica um pouco mais fácil. Por favor, me traga esse laudo e também a altura da vítima, a idade, as últimas radiografias e o laudo do dentista que a atendia.

* * *

A manhã estava fria e chuvosa. O inverno no Rio de Janeiro não costumava ser rigoroso, mas aquele dia amanhecera nublado e agora chuviscava.

Doutor Percival colocou o sobretudo e fez sinal para um táxi. Costumava caminhar de seu apartamento até a delegacia. Mas naquele dia não se sentia bem, sentimentos confusos toldavam sua alma. Refletia sobre os acontecimentos da véspera. Se o corpo encontrado fosse realmente de dona Regina Maria, parte do trabalho da polícia estaria concluído, mas apenas parte. Restava fazer o principal. Descobrir os assassinos e prendê-los. De qualquer forma, ele se sentia oprimido e triste porque não conseguira salvar a vida da empresária.

Entrando na delegacia, encontrou Alcimar, que retornava das férias.

– E aí, doutor, tudo bem?

– Você sabe que não – respondeu o delegado, meio agastado –, mas é bom vê-lo de volta.

– Fiz algo de errado, doutor? O senhor parece aborrecido.

– Aborrecido vou ficar se você não sair imediatamente para cumprir minhas ordens.

– Pois não, doutor. O que devo fazer?

– Você já foi informado das ocorrências de ontem, não foi?

– Fui sim. Já me contaram o que aconteceu.

– Transmita para o perito do IML encarregado do caso tudo o que temos registrado sobre dona Regina: altura, idade, exame de DNA estabelecido a partir dos fios de cabelo. Segundo fomos informados, o dentista dela é o doutor Simões Aguiar. Pois bem, veja se consegue ainda hoje as radiografias e todos os informes dentários da vítima e os entregue também ao perito.

\* \* \*

Doutor Percival estava sentado em frente ao perito do Instituto Médico Legal.

— O senhor deve estar aflito para saber qual foi nossa conclusão, não é, senhor delegado?

— Realmente, doutor, foram cinco dias de espera quase angustiante. Este é um dos casos mais difíceis que enfrentei em minha vida.

— Pois é, o pior é que não vamos deixá-lo sossegado, porém com mais dúvidas a solucionar.

— Como assim?

— Veja bem, doutor. O exame de DNA confere com outro feito anteriormente, a altura do corpo também. Pela estrutura óssea vê-se que se tratava de uma mulher. Porém existem dois pontos divergentes. O primeiro é a ficha dentária.

— O que tem ela?

— Quando examinam-se as radiografias, pode-se dizer que o corpo é o da vítima que o senhor investiga, porém, nos exames feitos aqui, verificamos que houve implante de dois dentes e isso não consta das radiografias nem do laudo enviados. Até aí tudo bem; segundo o laudo do dentista, as radiografias foram tiradas há algum tempo, de modo que os implantes podem ter sido feitos depois disso. Porém existe outro fator.

— Outro fator?

— Examinei e estudei nesses cinco dias os ossos do cadáver que aqui se encontra. Fiquei com algumas dúvidas, por isso pedi o auxílio e a opinião de dois exímios colegas. Eles pensam como eu.

— Pensam o quê? – perguntou doutor Percival, ansioso.

— Como o senhor sabe, doutor, a acidez da terra e outros fatores influem bastante na decomposição dos corpos, mas nós chegamos à conclusão de que este corpo foi enterrado há, no mínimo, cinco meses.

Doutor Percival ficou pálido.

— Então, pelas conclusões dos estudos, este corpo pode não ser o de dona Regina Maria?

— Pois é, o senhor nos disse que ela desapareceu no dia 7 de março. Estamos em meados de junho, assim dificilmente seria o corpo que a polícia procura. Por outro lado, como lhe disse, a altura, o sexo e o DNA conferem. Sinto muito, delegado. Eu gostaria de ter ajudado a diminuir seus problemas, mas só fiz aumentá-los.

Doutor Percival demorou alguns minutos para se levantar. Realmente, conforme dissera o perito, a situação se complicara mais. Agradeceu ao expert e saiu do IML. Queria tomar um pouco de sol e ar puro para conseguir absorver tudo que ouvira e tentar refletir, pois ficara momentaneamente perturbado. Teria que recomeçar? Partir da estaca zero?

* * *

Doutor Percival entrou na loja da Skintouch da avenida Nossa Senhora de Copacabana. Simone o avistou e veio recebê-lo à porta.

— O senhor está se sentindo bem, delegado?

— Por que a pergunta?

— Está com aparência cansada.

— É só cansaço mesmo, minha amiga. Hoje necessito novamente de sua ajuda.

— Tudo bem. Vamos para o fundo da loja.

Chegando lá, o delegado perguntou:

— Simone, você sabia quem era o dentista de dona Regina?

– Bem, ela fazia tratamento com o doutor Simões Aguiar.

– Estou sabendo, mas ela não teria feito algum tratamento com outro especialista?

– Bem, deixe-me pensar. Há uns três anos, mais ou menos, ela me disse que estava tendo problemas dentários. Mas não sei se passou a se tratar com outro profissional. Mas por que não pergunta para o senhor Paulo?

– Bom, ele só nos indicou o doutor Simões.

– Quem sabe tudo, mas tudo mesmo da vida de dona Regina é dona Gertrudes. Era ela quem cuidava de todas as necessidades de dona Regina, marcava médicos, dentistas, pois nossa patroa não dispunha de tempo para se cuidar, com o acúmulo de negócios e ainda com os figurinos que criava. Mas, falando no assunto, conseguiram localizar dona Gertrudes?

– Infelizmente, ainda não. A senhorita Raquel está na loja?

– O senhor quer falar com ela?

– Por favor.

A moça veio o mais rápido que pôde e informou ao delegado que dona Gertrudes lhe ligara e ela lhe passara o telefone e o recado do doutor Percival.

– Pois bem, se ela voltar a ligar, pergunte o nome do dentista que atendeu sua patroa há três anos, e se ela fez algum implante dentário nessa ocasião. E assim que obtiver a resposta, me avise. É muito importante.

– Vou fazer isso, doutor, deixe comigo – respondeu Raquel, sentindo-se feliz e valorizada. Imagine, ela, uma simples balconista, ajudando um delegado tão importante. – E hoje o senhor não quer escolher outra camisola?

– Não é má ideia. Vamos olhar sua coleção!

# CAPÍTULO 15

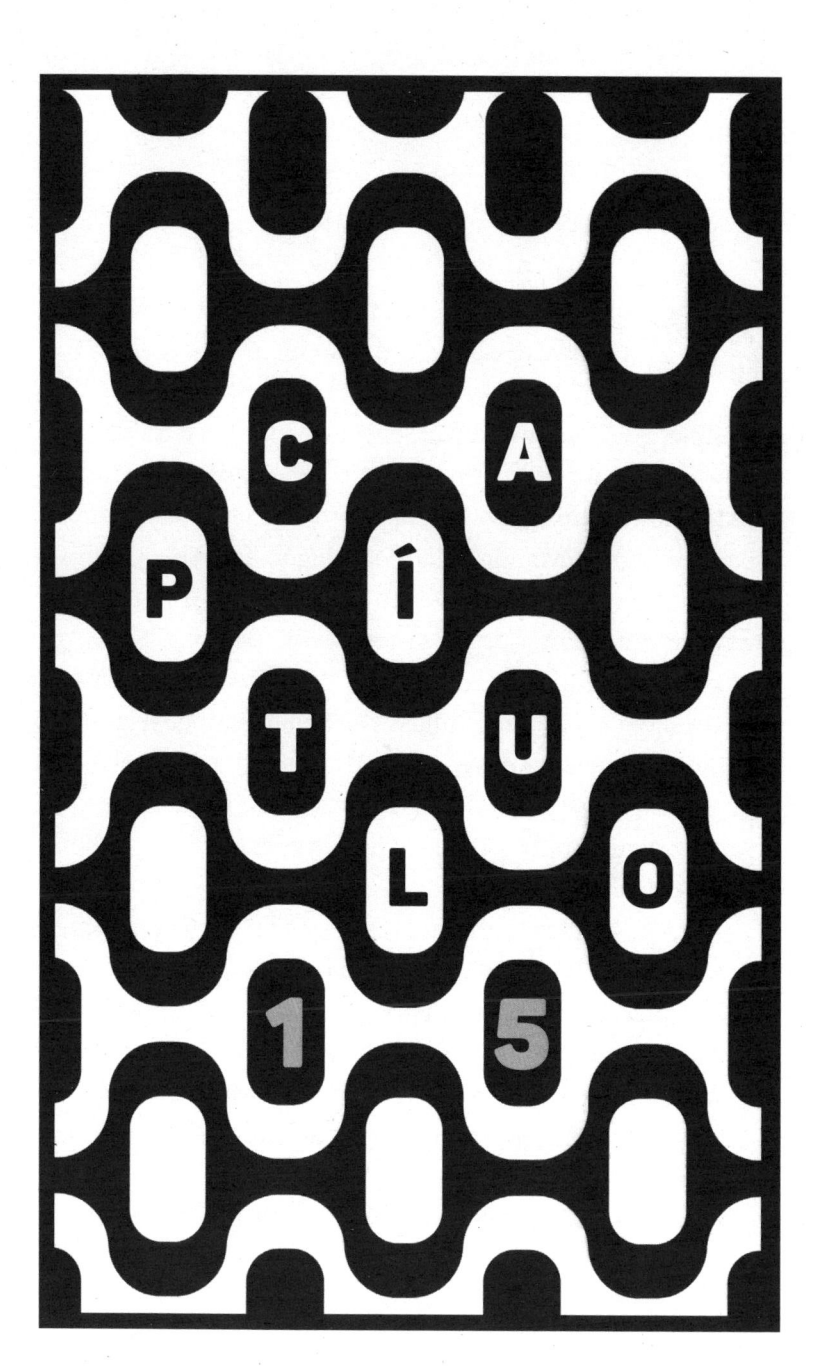

O sábado amanheceu ensolarado. Os cúmulos haviam se dissolvido, dando lugar a um céu azul e límpido.

Doutor Percival sentiu-se mais leve, talvez reconfortado pela beleza do dia. Saiu cedo, queria caminhar pela orla marítima até o apartamento de sua ex-esposa.

Ao atingir a avenida Atlântica chegou a sorrir, contemplando uma cena de verão em pleno inverno: banhistas caminhavam para a praia, já repleta de pessoas. Barracas coloridas enfeitavam a areia, enquanto no calçadão trafegavam bicicletas e pedalinhos. O trânsito fora desviado da avenida paralela ao passeio, dando espaço a crianças que brincavam alegres e ruidosas. Atletas corriam para se exercitar, enquanto outras pessoas passeavam tranquilas e sem pressa pela calçada.

Doutor Percival também caminhava vagarosamente. Procurava não pensar no problema enorme que tinha a resolver, queria descansar um pouco.

Na véspera comprara outra camisola para Simone. Imaginava como ela ficaria linda naquela camisola de renda preta que destacaria os seios claros e fartos de sua esposa. Não mais a via como sua ex-esposa, mas como sua mulher, pois tinha esperanças de reatarem naquele dia.

* * *

Simone abriu a porta do apartamento e ficou feliz em ver seu ex-marido. Os filhos tinham ido à praia, assim os dois poderiam ficar à vontade.

– Outra camisola para mim?

– Abra o pacote e veja se não é uma verdadeira obra de arte!

Simone desfez o embrulho.

– Que beleza! Realmente é confeccionada com grande capricho.

– Quero que você a vista.

– Mas agora?

– Sim. Quero apreciar sua beleza dentro dessa obra-prima.

Simone sorriu. Foi até o quarto e trocou de roupa. Olhou-se no espelho e sentiu-se feliz com a imagem nele refletida.

O marido adentrou o quarto.

– Você está parecendo uma rainha.

A mulher sorriu.

– Rainha sem reino.

– De forma alguma. Meu coração é seu reino.

Ela abraçou o marido com ternura.

– Você é um perfeito Don Juan.

Ambos riram e se beijaram longamente, enquanto a cama, com seu acolchoado colorido, os convidava a passarem algumas horas com ela, num reino mágico que se situa num liame entre o real e o abstrato, entre a terra e o céu.

* * *

Doutor Percival estava muito quieto naquela manhã. Estivera com a ex-esposa três dias atrás. Havia sido lindo o reencontro com Simone, mas ela não concordara em reatar o casamento. "É só por enquanto", dissera, "até você conseguir solucionar o problema do desaparecimento da empresária".

Ele ficara triste no momento, mas depois, refletindo melhor, compreendeu que sua ex-esposa estava certa. Era melhor esperar um pouco.

O corpo encontrado fora noticiado como sendo de fato da senhora Regina Maria. Jornais, revistas e emissoras de televisão haviam divulgado a notícia. As pessoas comentavam o fato nas redes sociais. Algumas entendiam a dificuldade da polícia; outras, porém, criticavam, acusavam o delegado de displicência.

Doutor Percival passou a mão na testa. *É melhor mesmo darmos mais um tempo, pois este caso ficou muito comentado e algo de ruim pode respingar em minha família.* Estava absorto em seus pensamentos quando seu celular tocou.

– Delegado, é a Simone aqui da loja Skintouch. Tenho uma notícia que, acredito, irá agradá-lo, mas preciso que venha aqui.

– Já estou indo...

* * *

Doutor Percival estava na sala dos fundos da loja Skintouch, Simone e Raquel paradas à sua frente.

– Desculpe, doutor, por tê-lo chamado aqui. É que estamos todas com muito medo e só confiamos no senhor – disse Simone.

Doutor Percival sorriu. Sentia-se feliz e incentivado quando confiavam em sua integridade.

– Dona Gertrudes ligou e Raquel perguntou sobre o dentista, conforme o senhor pediu. Bom, ela disse que iria dizer, mas que pessoa alguma poderia saber que ela passara essa informação. Pediu inclusive que falássemos com o senhor fora da delegacia. O nome do especialista é Valdir Alvarez. Disse que, quando dona Regina fez os implantes, ele atendia no centro da cidade.

– Muito obrigado pela ajuda. E podem ficar sossegadas. Vocês nunca me passaram essa informação. Eu a obtive por meio de uma pesquisa.

– Assim é melhor. Ficaremos mais tranquilas.

# CAPÍTULO 16

Um inverno rigoroso assolava as regiões Sul e Sudeste do Brasil, trazendo geada e muito frio a algumas cidades do sul do país e às altaneiras de Minas Gerais.

Dona Lola ligou um aparelho de aquecer, apanhou uma pequena manta para colocar sobre os joelhos e assentou-se defronte à televisão. Iria assistir ao noticiário naquela noite, 20 de junho de 2015.

* * *

A noite em Natal estava aprazível. Durante o dia o sol brilhara, trazendo muito calor naquele dia 20 de junho de 2015, semelhante mesmo ao calor da primavera.

Gertrudes havia ido à praia e estava um pouco cansada, mas resolveu assistir ao noticiário da TV antes de dormir. Logo após as notícias políticas, a repórter anuncia: "Foi encontrado no município de Queimados, no Rio de Janeiro, um corpo que se supõe seja da empresária Regina Maria Cavalcante, desaparecida há três meses".

O coração de Gertrudes bate acelerado. Aumenta o som da televisão. Quando o noticiário acaba, cai num choro convulsivo.

* * *

Dona Lola estremece quando ouve a notícia na TV. Fica um pouco desnorteada, mas depois apanha o telefone e faz uma ligação para a sobrinha Simone no Rio de Janeiro.

– Querida, você está bem?

– Oi, tia Lola. Tudo bem aqui, e a senhora, como vai?

– Sentindo muito frio aqui no sul de Minas. Você sabe, minha sobrinha, o frio é um veneno para minha artrite.

– A senhora quer vir passar alguns dias comigo?

– Mas tem espaço no seu apartamento?

– Agora tem, tia. A moça que dividia o aluguel comigo voltou para sua casa no interior.

Dona Lola suspirou. Era tudo o que desejava no momento: ir para o Rio de Janeiro.

– Então, querida, se você está me convidando, eu aceito. Vou arrumar minha bagagem e depois de amanhã estarei aí.

– Pode vir, tia. Um abraço.

* * *

Gertrudes enxugou as lágrimas e falou consigo mesma: Esses bandidos precisam ser punidos. Precisam ser encarcerados. Mas como faço para voltar? Não temo tanto por mim, mas e minha mãe? Falando nisso, acho que vou ligar para Cristina.

Pegou o celular.

– E aí, prima, como vão as coisas?

– Gertrudes! Eu estava aqui pedindo a Deus que você me ligasse.

– Mas por quê?

– Você tem que voltar imediatamente. Tia Conceição teve um infarto. Eu tentei ligar para você, mas não consegui.

Gertrudes perdeu a fala por alguns segundos. Quando a recuperou, perguntou:

– Como ela está?

– Está internada em um ótimo hospital. Estou cuidando dela, mas é bom que você venha já.

– Vou voltar, vou voltar imediatamente. Mas me diga uma coisa: minha mãe levou algum susto? Alguém a maltratou?

– Imagine, Gertrudes, o que é isso? A tia é muito bem cuidada, com todo o carinho. Você sabe disso.

– Desculpe, Cristina. Não me expressei bem. O que queria perguntar é se foi alguém à minha casa e conversou com minha mãe.

– Não, prima. A única pessoa que esteve lá foi o policial que depois veio conversar comigo e foi ao sítio. Mas ele não falou com sua mãe. Eu já lhe contei tudo direitinho.

– Você contou, sim. Desculpe mais uma vez. Eu estou muito nervosa. Você vai saber o porquê. Volto amanhã mesmo.

*Bem*, pensou Gertrudes, *o destino decidiu por mim*. Foi à recepção do hotel e pediu para verificarem se havia algum voo para São Paulo.

– Tem sim, senhora. Para amanhã às onze da manhã.

– Podem fazer uma reserva para mim?

– Pois não.

Com a passagem garantida, pediu que lhe arrumassem papel de carta e um envelope e retornou a seus aposentos.

*Felizmente volto amanhã cedo. Mas agora vou escrever uma carta.*

Redigiu uma longa missiva e colocou o endereço no envelope. Em seguida, consultou sua agenda e fez uma ligação.

– É o doutor Gabriel?

– Quem está falando?

– Sou eu, doutor, Gertrudes.

– Dona Gertrudes, onde a senhora se encontra?

– Doutor, não posso lhe explicar coisa alguma agora, mas estou ligando para lhe pedir um favor.

– Pode dizer. O que é?

– Estou lhe enviando uma carta. O senhor vai me prometer que não vai abri-la agora. Porém, se souber que algo de ruim aconteceu comigo, abra, leia e a entregue ao delegado que está cuidando do caso de dona Regina Maria.

– A senhora está correndo perigo? Posso ajudá-la?

– O senhor vai ajudar a mim e a minha patroa fazendo o que estou lhe pedindo. O conteúdo desta carta só eu conheço. Isto é, tem outra pessoa que também conhece, mas não irá revelar este segredo à justiça.

– Estou perplexo, amiga. Isso é tudo que posso fazer?

– Isso é da maior importância. Eu lhe serei grata para sempre.

Na manhã seguinte, Gertrudes apanhou um táxi para levá-la ao aeroporto. Pediu ao motorista que parasse alguns minutos em uma agência dos Correios e enviou uma correspondência urgente e registrada para o advogado da família Cavalcante.

* * *

Simone chegou em casa com um pacote de pães e biscoitos.

– Oi, tia Lola. Trouxe estes biscoitos. A senhora não quer coar um cafezinho para nós? O seu café é tão gostoso!

– Vou coar, sim, Simone. Estava apenas esperando você chegar.

Enquanto tomavam o café, conversaram sobre vários assuntos. A tia mostrou os retratos das netas, falou da vida pacata do interior. A sobrinha explanou sobre o negócio em que trabalhava, da tristeza dos funcionários com o desaparecimento de sua patroa.

– Falando nisso, me diga uma coisa, minha querida: como é o delegado que está cuidando do caso da senhora Regina Maria?

– Uma pessoa excepcional, correto e amável.

– Você acha que posso confiar nele?

– Sim, pode. Mas por que a pergunta?

– Eu gostaria de conversar com ele.

– Tia Lola, tia Lola... a senhora prometeu à sua filha que viria para o Rio apenas para passearmos. No fim de semana iremos à praia e ao cinema. E minha prima me fez prometer que eu tomaria conta da senhora.

Dona Lola pareceu ficar ofendida.

– Imagine se eu preciso que tomem conta de mim. Eu sei me cuidar.

Simone deu um sorriso maroto.

– Sei que você sabe, tia. Mas é um privilégio termos alguém que se preocupe com a gente. Não é?

– É verdade. Eu agradeço a vocês duas, mas insisto em falar com o delegado.

– A senhora não prestou depoimento em Itajubá?

– Prestei. Mas eu penso que em qualquer área social é mais fácil conversar com pessoas que nos inspirem confiança.

Simone se calou por alguns instantes. Conhecia a tia. Sabia que ela era determinada e teimosa, mas também muito inteligente e perspicaz.

– Está bem, tia. Vou ver o que consigo.

– Mas – disse Lola, meio encabulada – quero falar com ele longe da delegacia. E tem ainda um detalhe...

– Mais coisa ainda, tia?

– Eu queria que a governanta de dona Regina Maria se reunisse também conosco.

– Não sei se o delegado vai aceitar tudo isso, tia. Para que a presença de Ana Lúcia?

– Ela foi a última pessoa que viu e falou com dona Regina, não foi?

– Sim, com exceção do marido, foi.

– Então eu preciso perguntar algo a ela.

– Mas por que, tia? Deixe a polícia cuidar disso.

– Simone, eu preciso ter alguém com a mesma opinião que a minha para que eu possa falar, você entende?

– Francamente, tia, não estou entendendo nada. E também não sei se o doutor Percival vai acolher seu pedido, mas vou tentar – disse Simone, desanimada.

Na manhã seguinte, Simone fez uma ligação ao doutor Percival. Começou a falar já se desculpando, pois esperava ouvir um não como resposta. Entrementes, ficou surpresa com a reação do delegado.

– Aceito sim, Simone. Não sabia que a senhora de Itajubá era sua tia. Por que não me disse antes?

– Pois é, não achei que fosse importante.

– É importantíssimo.

– Mas tem uma coisa. Ela quer conversar fora da delegacia, pode ser?

– Pode, sim.

– E pede também que a governanta da dona Regina Maria esteja presente.

Doutor Percival fez uma pequena pausa. Há muito tempo já pensara em uma acareação entre essas duas testemunhas... e agora isso caía como um presente em seu colo.

– Desculpe, doutor, acho que o senhor vai pensar que minha tia não é muito normal...

– Nada disso, Simone. Sua tia me parece uma mulher de muito valor. Vamos marcar para amanhã às dez horas no meu apartamento. Vou enviar o endereço no seu e-mail.

Simone desligou o telefone, feliz e surpresa. *Acho que tia Lola é mais inteligente do que eu pensava.*

# CAPÍTULO 17

Doutor Percival deu uma ordem a Alcimar:

– Vá imediatamente ao gabinete do implantodontista, doutor Valdir Alvarez. Ele atende em Ipanema. Antes atendia no centro da cidade, mas mudou seu consultório. Você vai explicar todo o caso da senhora Regina Maria e saber se ela fez algum implante dentário com ele. Se positivo, apanhe o laudo e as radiografias.

– Já levo para o IML?

– Traga primeiro aqui para eu ver.

Após um tempo que pareceu muito longo para o doutor Percival, Alcimar retornou.

– Deixe-me ver as radiografias. Estou ansioso.

– Não as trouxe comigo. Doutor Valdir diz que se lembra de dona Regina Maria, mas não achou suas radiografias. A secretária procurou nos arquivos e no computador. Enfim eles chegaram à mesma conclusão: que a ficha da senhora Cavalcante está na cidade.

– Está onde?

– No centro da cidade, no antigo gabinete do doutor Valdir. Ele deixou lá um arquivo com documentos mais antigos e alguns móveis. A sala é dele mesmo, assim vem se mudando vagarosamente.

– E como iremos conseguir esse fichário?

– Amanhã bem cedo ele irá ao centro apanhar as radiografias da senhora Regina Maria. Pediu para o senhor esse pequeno prazo porque agora à tarde ele não poderia deixar de atender a um cliente que está com muita dor. Mas amanhã até o meio-dia disse que estaremos com os documentos solicitados em nossas mãos.

— Está bem. Esperaremos até amanhã. Pelo menos ele se lembrou de dona Regina Maria.

\* \* \*

Doutor Valdir chegou bem cedo ao prédio comercial da avenida Visconde do Rio Branco, onde se situava seu escritório.

Cumprimentou o porteiro, seu antigo conhecido, e tomou o elevador para o sétimo andar. As salas ainda estavam fechadas. As pessoas começariam a chegar às 9 horas. Consultou seu relógio. Eram 8h15. *Disponho de bastante tempo. Vou apanhar a pasta solicitada e depois cumprimentar meus amigos do escritório de contabilidade ao lado.*

Assim pensando, abriu a porta de seu antigo gabinete. Abriu também as janelas para entrar sol.

Procurou no arquivo e logo encontrou o envelope que buscava. Ali estava o que o delegado lhe pedira.

Aproximou-se de uma janela para apreciar o movimento da principal artéria do centro da cidade. Sentia falta daquele lugar, onde começara a trabalhar. Bateu um aperto no coração, um pouco de saudade do passado.

Estava tão absorto em seus pensamentos e com o ruído do trânsito na avenida que não escutou o barulho da porta de sua sala se abrindo, e só percebeu que entrara alguém quando sentiu uma presença às suas costas.

Virou-se. Era um homem branco, de meia-idade.

– Não atendo mais aqui – balbuciou com certo receio.

– Não faz mal. Vim só apanhar o envelope que está em sua mão.

Doutor Valdir ficou trêmulo.

– Isto não me pertence. Vou entregar a um delegado.

– Não vai mais. Me dê o envelope.

– Não posso, sinto muito.

O sujeito empurrou o especialista, que caiu, bateu a testa no chão e desmaiou, enquanto um fio de sangue descia pelo seu rosto. O bandido pegou o envelope, verificou o nome e o conteúdo e saiu correndo.

* * *

O relógio da copa marcava dez horas quando o porteiro interfonou para o doutor Percival.

– Tem uma senhora aqui querendo subir ao seu apartamento.

– É dona Lola?

– É, sim.

– Mande subir.

Doutor Percival simpatizou com a senhora, pareceu-lhe bondosa e arguta. Depois de instalá-la em uma poltrona, falou:

– Não sabia que era tia da senhorita Simone.

– Foi através dela que conheci dona Regina Maria em uma festa da empresa, em São Paulo.

– Sua sobrinha é uma moça muito prestativa.

– Obrigada, doutor.

– Mas por que a senhora queria conversar comigo? Não foi ouvida pela polícia em Itajubá?

— Fui, sim, doutor, e respondi com exatidão a tudo que me perguntaram.

— Mas queria conversar comigo e com a senhorita Ana Lúcia, não é?

Dona Lola não ficou embaraçada.

— É isso mesmo, doutor. Sabe, eu tinha uma intuição, mas uma intuição, o senhor compreende, pode ser verdadeira ou não. Eu preciso primeiro ter certeza de que ela é verdadeira para depois dizer o que penso.

— A senhora está certa. Vai me dizer agora?

— Eu gostaria de conversar primeiro com a governanta, Ana Lúcia. Ela não vem?

Nesse instante o interfone voltou a tocar. O delegado atendeu e se voltou para a senhora.

— Ela está chegando.

As duas testemunhas foram apresentadas. Conversaram alguns instantes sobre assuntos diversos e depois dona Lola perguntou ao doutor Percival:

— Eu posso fazer uma pergunta para ela sobre dona Regina Maria?

— À vontade — respondeu o delegado, recostando-se na poltrona em que estava sentado e achando graça naquela situação inusitada, em que ele se transformara em ouvinte e espectador.

— Ana Lúcia, não sei se você sabe, mas eu conversei com seus patrões em São Lourenço.

— Não sabia.

— Pois é. Eu já conhecia dona Regina Maria. Havia estado com ela na inauguração da loja da avenida Paulista há alguns anos. Mas o que eu queria lhe perguntar é o seguinte:

você achou que ela estava diferente quando voltou do sul de Minas?

– Interessante a senhora me perguntar isso.

– Por quê?

– Porque eu já havia respondido a essa pergunta para a polícia.

– Ah, sim? Não sabia. Mas o que você achou?

– É aquilo que eu disse. Eu a vi apenas por alguns instantes, quando chegaram. Não notei nada de diferente, a não ser que estava usando sapatos de salto, o que não era usual.

– Sua patroa não gostava de sapatos de salto?

– Ela usava apenas para festas. Sapatos muito bonitos, mas não totalmente altos. Acredito que saltos cinco e meio, por aí...

– Entendo, algumas mulheres não gostam de saltos, acham que não oferecem muito conforto, e outras não gostam de usar para não ficar mais altas do que o marido.

– Bem, quando minha patroa colocava saltos cinco e meio, ela ficava um pouquinho, mas só um pouquinho mais alta que o senhor Paulo. Mas naquela noite...

Ana Lúcia perdeu a fala e ficou muito pálida.

– Você está se sentindo mal? – perguntaram em uníssono dona Lola e o delegado. A moça parecia que iria desmaiar. Doutor Percival correu até a cozinha e retornou com um copo de água. Ana Lúcia tomou um pequeno gole e disse, quase num sussurro:

– Meu Deus, como não percebi isso antes?

– Ela estava de salto e mesmo assim mais baixa do que o marido. Não é isso? – perguntou dona Lola.

– Como é que a senhora sabe?

– Não sabia. Eu apenas achava que alguma coisa estava diferente.

– Sobre a altura? – perguntou Ana Lúcia.

– Não; eu nunca a tinha visto ao lado do marido antes daquela tarde no hotel em São Lourenço. Foram outros dois fatores que me chamaram a atenção. Mas eu não podia falar sobre isso a ninguém. Poderiam pensar que eu estava demente ou querendo chamar atenção sobre mim.

– Mas, por favor, me conte o que pensou – pediu o doutor Percival.

– Bem, eu achei dona Regina Maria estranha, não sei se o senhor me entende. Ela estava diferente da empresária que eu conhecera há alguns anos.

– Mas diferente como?

– Aí é que está. Era ela, ou parecia ser. O mesmo rosto, o mesmo cabelo; na altura não prestei atenção, mas o resto era semelhante. Porém eu a achei diferente. O senhor me entende?

– Acho que sim.

– Pois é, ela não me reconheceu, mas isso eu achei normal. Uma mulher importante, que conversava com tantas pessoas, não iria reconhecer uma pessoa simples que havia visto apenas uma vez. O que eu achei estranho foi eu não a ter reconhecido. Não sei explicar bem, mas parecia que ela não tinha a mesma empatia, a mesma aura de antes. Eu costumo prestar muita atenção às pessoas, e noto quando elas mudam seu modo de ser. Mas, enfim, deduzi que devia estar estressada ou doente...

– E o outro fator? – inquiriu o delegado.

– Houve outro fator, sim. No momento não percebi, mas dois dias depois, quando retornava para Itajubá, tudo ficou claro para mim.

– Como assim?

– Eu estava na cidade de Maria da Fé. Pedi ao motorista que fora me buscar em São Lourenço que me levasse ao ponto mais alto da serra da Mantiqueira naquela cidade porque eu queria fotografar as paisagens mais bonitas. Eu amo a serra da Mantiqueira. Ela é linda!... Mas, como eu estava contando, comecei a bater as fotos, prestando atenção ao colorido das serras. Então avistei ao longe o cume de uma delas. Ele parecia furar as nuvens e era tão azul que eu já não distinguia a terra do céu. Fiquei empolgada diante dessa beleza da natureza e comentei a respeito com o senhor Maurício, o motorista. Disse-lhe que o azul da montanha naquele ponto era exatamente igual ao azul-celeste. Ele retrucou: "Não, dona Lola, existe uma diferença, bem pequena, mas existe". Foi aí que eu compreendi porque eu achara dona Regina Maria diferente. Foi o olhar, ou melhor, a cor dos olhos.

– Como assim? – quis saber Ana Lúcia.

– Quando conheci sua patroa em São Paulo, eu a achei muito elegante e bonita, mas o que mais me chamou a atenção foram seus olhos. Eram serenos e de um tom de azul forte, muito incomum.

– De fato, dona Regina Maria possuía lindos olhos azuis!

– Pois é, naquele dia em São Lourenço eu achei que o tom de azul dos olhos da empresária não estava igual ao da noite em que eu a conhecera em São Paulo. Mas, no momento, como eu havia ficado meio chocada quando a cumprimentara, não me ative a esse fato! Creio que ele ficou no meu subconsciente e só despertou mais tarde quando eu admirava os cumes da Mantiqueira.

Doutor Percival falou baixinho:

– Chegamos à conclusão de que esse corpo foi enterrado, no mínimo, há uns cinco meses.

– O que foi, doutor?

– Nada.

– O senhor compreende por que eu não podia falar de minhas impressões para pessoa alguma?

– Compreendo, e creio que começo a perceber muita coisa que não percebi antes.

Ana Lúcia começou a chorar.

– Eu quase morri nas garras dos bandidos. Como sou desatenta!

– Não – disse doutor Percival. – Você não é desatenta. Dona Lola é perspicaz e tem um aguçado poder de observação, quase um sexto sentido; não é, senhora?

– É isso mesmo. Sou assim desde criança e já descobri segredos que gostaria de não ter descoberto.

Os três se quedaram em silêncio. Dona Lola estava tranquila, uma sensação de dever cumprido. Ana Lúcia soluçava baixinho. Doutor Percival reorganizava seus pensamentos: Quem será a mulher que esteve em Petrópolis?

Então a porta do apartamento se abriu e entraram dois homens armados. Um usava um boné branco e óculos escuros, e o outro uma máscara de palhaço.

Doutor Percival colocou-se em pé, já com seu revólver na mão.

– Como entraram aqui? Saiam já!

O homem de boné deu uma risada sarcástica. Ana Lúcia exclamou, trêmula:

– O bandido da avenida Rio Branco!

O meliante com máscara de palhaço apontou sua arma para dona Lola, enquanto dizia ao delegado:

– Coloque o revólver em cima da mesa ou ela será uma mulher morta.

\* \* \*

Geraldo estava atordoado com o serviço na delegacia. Para ajudá-lo, apenas um investigador novo, o João. Doutor Percival avisara que trabalharia em seu apartamento e Alcimar não chegara ainda.

Então o telefone tocou e ele atendeu.

– É um agente da polícia do centro da cidade. Houve uma ocorrência e acho que vocês devem tomar conta do caso.

– O que aconteceu?

– Bem, foi na avenida Rio Branco, no edifício número 151. Duas moças que trabalham em um escritório de contabilidade no sétimo andar chegaram às nove horas para o trabalho e viram a sala do dentista, doutor Valdir Alvarez, entreaberta. Adentraram para cumprimentá-lo porque são suas amigas, mas levaram um enorme susto. O homem estava caído no chão, com a cabeça ferida. Elas agiram com muita presteza. Chamaram uma ambulância e a polícia mais próxima.

– E ele, está vivo? Corre algum perigo?

– Bom, já foi medicado e está melhor. Mas pelas informações e documentos, chegamos até a família e à secretária do gabinete onde ele está trabalhando atualmente e soubemos que ele tinha ido apanhar um exame solicitado por vocês.

– É verdade.

– Acho bom vocês virem para cá e assumirem o comando desse caso.

Geraldo passou a mão na cabeça.

– Com quem eu estou falando?

– Investigador Gomes.

– Gomes, eu sou o investigador Geraldo. Vou lhe pedir um grande favor. Continuem tomando as rédeas do caso até depois do almoço. O delegado não está presente. Precisou solucionar um caso complicado fora daqui e o outro investigador mais antigo não veio até agora. Não sei o que está acontecendo. Mas me diga uma coisa, o doutor Valdir está hospitalizado aí no centro?

– Está, sim, e a esposa está com ele.

– Mas, mesmo assim, me faça mais um favor: coloque um guarda à porta do quarto para o caso do bandido voltar.

– Então você acha que ele foi agredido?

– Tenho quase certeza. Alguém não queria que os documentos chegassem às nossas mãos, mas também podiam estar querendo silenciá-lo.

– Bom, vou fazer o que está me pedindo.

– Obrigado, colega, muito obrigado.

\* \* \*

Doutor Percival colocou seu revólver sobre a mesa.

– Agora, por favor, tire esta arma da testa de dona Lola.

O bandido se afastou da senhora e apontou a arma para o delegado.

Doutor Percival perguntou:

– Quem são vocês e o que querem aqui?

Então o bandido tirou o boné, os óculos e uma máscara fininha do rosto.

– Meu Deus, é você, Alcimar? Como pode?

– Seu paspalho. Não percebeu que fui o cérebro dessa encenação? – E dando uma risada de escárnio: – Vocês estão diante do conhecido Ernesto Costa. O senhor, delegado de araque, foi enganado o tempo todo. Ah, como eu ficava feliz em enganá-lo! Detesto gente que tem mania de justiça e correção.

– Não sou tão bobo como você pensa, Alcimar. Já consigo imaginar quem está por trás de tudo isso; deve ser Paulo Cavalcante. E ele com certeza vai ser preso.

– Não faz mal, ele já me pagou o que devia. Hoje sou um homem rico e vocês três não vão ficar por aqui para contar o que sabem.

Ana Lúcia olhou apavorada para o bandido. Dona Lola baixou os olhos e começou a rezar.

– Reze mesmo, tia, reze porque chegou o seu fim – disse o meliante encostando a arma na testa da senhora. – Esta velha idiota aqui já está rezando. Vocês dois podem rezar também, pois serão todos eliminados e pessoa alguma vai ouvir nada. Esta minha companheira – acariciou a arma – é silenciosa.

Doutor Percival percebeu a gravidade da situação e tentou ganhar tempo.

– Por que se tornar um bandido, Alcimar? Você tinha uma promissora carreira pela frente.

– Que carreira? Eu por acaso ia ficar rico? Saiba que estou com muito dinheiro.

– Dinheiro não é tudo na vida. Existem coisas muito mais importantes.

– Não diga. O que é? – perguntou Alcimar com um sorriso cínico.

– Coisas que talvez você não conheça, como amizade, amor, respeito...

O bandido deu uma risada assustadora.

* * *

Geraldo estava desorientado. Pessoas chegando à delegacia, o telefonema do centro da cidade... *Logo hoje o Alcimar ainda não chegou e doutor Percival está ocupado.* Então o telefone voltou a tocar.

– Quem está falando aqui é o delegado de Duque de Caxias. Acabei de enviar um e-mail para o doutor Percival e estou ligando porque acredito ser de suma importância para vocês.

– Aqui é o investigador Geraldo. Posso saber do que se trata?

– Há alguns meses, vocês nos enviaram a foto e o RG de um sujeito chamado Ernesto Costa, não foi?

– Isso mesmo. Vocês o localizaram?

– Nós o localizamos, mas não sei se ficarão contentes com o fato.

– Mas por quê?

– Está tudo explicado no e-mail e também enviamos a foto do homem.

– Está bem. Muito obrigado.

Geraldo refletiu por alguns segundos. A correspondência virtual estava endereçada ao doutor Percival. Será que eu olho? Pode ser urgente. Abriu o e-mail e levou um susto.

O delegado de Duque de Caxias narrava o seguinte:

"Existe um senhor chamado Ernesto Costa que mora aqui em Duque de Caxias, na zona rural. Há cerca de três anos ele começou a ter crises de esquecimento e confusões mentais. Um dia saiu para ir a um armazém à tarde e não retornou.

A família (esposa e duas filhas) pediu à polícia que as ajudasse a encontrá-lo. O retrato dele foi colocado em pontos estratégicos e em contas de energia, dado como desaparecido.

Entrementes, ontem ele retornou. Pessoas caridosas o haviam recolhido na rua e lhe dado alimento e abrigo. E ele recobrou a memória. Então o levaram para sua casa. Os familiares ficaram muito felizes e ontem vieram à delegacia para agradecer a ajuda e informar seu retorno. Um dos nossos ajudantes pediu para checar o RG do senhor Ernesto e ficou assustado ao comparar com o retrato que vocês nos enviaram há alguns meses, buscando a prisão de um bandido. O mesmo nome, Ernesto Costa, e o mesmo RG. Mas o senhor Ernesto Costa daqui tem 69 anos e é negro. Achei prudente informá-los imediatamente."

Geraldo levou um choque. Ficou desorientado por alguns minutos, mas logo recobrou a lucidez. *Nossa! Quem nos passou o retrato e o RG do Ernesto Costa foi o Alcimar.* Chamou João.

– Sua arma está carregada?

– Está, por quê?

– Penso que doutor Percival esteja correndo perigo. Venha comigo.

– Vamos deixar a delegacia sem comando?

– Os rapazes da portaria tomam conta.

Os dois investigadores apanharam uma viatura à porta da delegacia e tentaram voar para a rua Santa Clara.

\* \* \*

– Mas agora chega de conversa fiada – disse o meliante, destravando sua arma. – Vou matá-los um por um para sentir o pavor na cara dos outros, e o primeiro será o senhor, delegado. Quero ver agora o quanto é corajoso. É tão metido, tão cheio de empáfia...

– Por favor, Alcimar, não faça isso. Você será descoberto e preso.

– Não me faça rir.

– Então, eu lhe suplico. Mate só a mim. Deixe as duas mulheres saírem. Elas não lhe fizeram mal algum.

– Não fizeram, mas vão contar o que sabem.

– Elas não contarão. Terão receio de fazê-lo.

– Não tente me enrolar, delegado, vou atirar em você.

– Mas antes me confirme só uma coisa. O sequestro da senhora Regina foi em janeiro e não em março, não é?

– Está ficando inteligente, delegado. Foi por aí, mas não foi bem um sequestro. Paulo Cavalcante foi com a esposa ao meu apartamento na Glória. Disse a ela que iriam visitar um amigo. Chegando lá, conversamos um pouquinho para disfarçar e, em seguida, ele saiu com a desculpa de comprar um vinho para nosso jantar e, claro, não retornou. Daí foi fácil para eu dominar a mulher. Obriguei-a a passar uma escova no cabelo com força até quase sangrar.

– Foram os fios achados no barraco na favela.

– Isso mesmo, e ela teve de preencher e assinar alguns cheques.

– Você armou tudo muito bem, Alcimar. É uma pena que seja bandido, seria um excelente roteirista de cinema ou televisão. E em seguida você a matou?

– Seria um desperdício matar logo uma mulher bonita como ela. Primeiro tive ótimos momentos com aquela deusa.

– Você é um monstro, Alcimar.

– Não sou tão mau, delegado. Não a fiz sofrer muito. Morreu dormindo, sob efeito de um veneno.

Dona Lola chorava. Ana Lúcia, apesar do medo, indagou:

– Como puderam fazer todo esse mal a dona Regina? Uma mulher tão bondosa?

Nesse momento ouviu-se um tiro na fechadura da porta. Os dois bandidos viraram-se para o lado do barulho e enxergaram a porta sendo empurrada e Geraldo e João entrando com suas armas.

O palhaço atirou em Geraldo e o atingiu na perna. O investigador caiu, mas mesmo assim conseguiu alvejar Alcimar, que tombou com o peito sangrando. Doutor Percival aproveitou a confusão e pegou o revólver na mesa.

O palhaço desorientou-se ao ver duas armas apontadas para ele, a de João e a do delegado.

– Jogue sua arma no chão, palhaço, e coloque as mãos para cima – ordenou doutor Percival. E virando-se para João: – Trouxeram algemas?

– Sim, senhor.

– Coloque-as neste palhaço.

Em seguida apanhou seu celular e pediu duas ambulâncias. Apanhou uma toalha limpa e tentou estancar o sangue da perna de Geraldo.

– Fique calmo, companheiro. Você vai ficar bem.

# CAPÍTULO 18

Haviam transcorrido três dias da cena chocante no apartamento da rua Santa Clara. Dona Lola ficara muito abalada no primeiro dia, mas depois ficou alegre; estava com a consciência tranquila, e na imprensa e nas redes sociais teciam elogios à senhora que viera de Minas Gerais. Nesse momento o porteiro interfonou: havia algo para ela na portaria.

– Pode mandar o mensageiro subir.

Ao abrir a porta, deparou-se com um lindo buquê e um cartão que lhe foram entregues. No bilhete estava escrito: "Muito obrigado pela ajuda. A senhora é uma mulher muito corajosa e inteligente". Assinava o delegado Percival.

Dona Lola vibrou de alegria. Iria mostrar à filha e à sobrinha, que haviam ficado bravas com ela por ter arriscado a vida, os recortes dos jornais e o bilhete do delegado Percival.

\* \* \*

Não longe dali, doutor Percival pensava nos últimos acontecimentos. Ficara apavorado com a possibilidade de os bandidos atirarem em dona Lola e Ana Lúcia. Passara por momentos de muita tensão. *Como pude conviver tanto tempo com Alcimar sem desconfiar de que era um louco?* E o pior é que o meliante morrera, deixando muita coisa sem esclarecimento. O outro homem era um bandido desses contratados e não tinha conhecimento dos fatos. Paulo Cavalcante fugira. Estava sendo procurado no Brasil e no exterior, porém não tinham nenhuma pista que facilitasse o trabalho da polícia. *Ainda bem que Geraldo está melhorando. Rapazes corajosos, ele e o João, salvaram nossas vidas!*

Enviara flores para dona Lola. Que mulher perspicaz e honesta!

Ana Lúcia e Carlos tinham vindo conversar com ele na véspera. Ainda iriam marcar o dia do casamento, mas queriam convidá-lo para padrinho.

– Felizmente alguma coisa boa sobrou desse drama.

Pensou na esposa. Ela telefonara cumprimentando o famoso doutor Percival, que era o homem do momento na mídia, mas não dissera que iria voltar a viver com ele. Uma sombra de tristeza escureceu seu semblante. Simone lhe prometera que, tão logo acabasse aquele difícil caso policial, voltariam a conviver. Devia ter mudado de ideia...

Estava absorto em seus pensamentos quando o telefone tocou.

– Doutor Percival?

– Ele mesmo.

– Doutor Gabriel vai falar com o senhor.

O advogado entrou na linha.

– Bom dia, doutor, tudo bem?

– Agora tudo está melhor – respondeu o delegado.

– Vai ficar melhor ainda.

– Que bom...

– Está aqui uma pessoa que precisa conversar com o senhor. É a senhora Gertrudes, secretária de dona Regina Maria.

O delegado ficou quieto por alguns segundos. Com toda aquela sequência de fatos, havia momentaneamente se esquecido da senhora desaparecida. Recobrou a voz:

– Ela está no Rio de Janeiro?

– Sim, está aqui ao meu lado e gostaria de saber se o senhor pode recebê-la amanhã, aí na delegacia.

– O senhor está no seu escritório, doutor?

– Estou, sim.

– Eu vou já para aí.

\* \* \*

A gentil atendente abriu a porta da sala do advogado.

– Pode entrar, doutor Percival. Eles o estão esperando.

Realmente, doutor Gabriel e uma senhora já estavam acomodados.

– É a celebre dona Gertrudes, pois não?

– Eu mesma, delegado – respondeu a mulher sorrindo.

Doutor Percival cumprimentou doutor Gabriel e, a um sinal dele, assentou-se em uma confortável poltrona.

– Sabia que a senhora nos deu um trabalhinho? – perguntou o delegado, voltando-se para dona Gertrudes.

– Eu presumo que sim e lhe peço mil perdões. Os bandidos haviam ameaçado torturar minha mãe, caso eu não fizesse o que eles haviam mandado.

– A crueldade de Alcimar beirava a raia do absurdo! Torturar uma senhora quase centenária. Seria uma desumanidade. Mas nos conte, dona Gertrudes, tudo o que aconteceu.

Doutor Gabriel interrompeu a conversa:

– O senhor quer que eu saia, delegado?

— Pode ficar, doutor. Mas continue, dona Gertrudes, por favor.

— Bem, em março, logo que eu soube do desaparecimento de dona Regina Maria, vim para o Rio de Janeiro. Pretendia me colocar à disposição da polícia para qualquer esclarecimento que pudesse oferecer. Entrementes recebi um telefonema me ameaçando e dizendo que uma passagem fora comprada para mim com destino a Espanha. No primeiro momento fiquei desesperada, mas depois descobri que o navio faria uma parada em Recife. Fiquei um pouco mais calma; procurei ajeitar meus compromissos no exíguo tempo de que dispunha e embarquei. Permaneci três meses em Pernambuco, passeando, indo às praias, como se fosse uma turista. Porém o tempo todo eu ficava muito apreensiva, por estar longe de minha mãe e por não encontrarem dona Regina Maria. Queria, queria muito contar à polícia tudo que eu sabia. Ficava mesmo desesperada, porque não podia revelar o segredo de minha amiga à justiça.

A senhora respirou fundo e prosseguiu:

— De tempos em tempos ligava para minha mãe, minha prima Cristina e minha amiga Raquel, que o senhor conhece. Em seguida jogava aquele chip fora e colocava outro, para evitar que os bandidos descobrissem meu paradeiro. Elas nunca puderam ligar para mim, pensavam que eu estava na Europa; pelo menos era o que eu dizia a elas. Em uma tarde, enquanto passeava no famoso mercado de Recife, percebi que dois homens olhavam muito para mim. Senti medo e me escondi em um das lojas da galeria. Vi quando passaram me procurando. Saí então por uma porta lateral e tomei um ônibus para Natal.

Doutor Percival interrompeu a explanação de dona Gertrudes.

– Aqueles homens eram da polícia. Eu pedi ajuda à polícia de Pernambuco no sentido de protegê-la. Mas a senhora fez muito bem em fugir, pois eu não imaginava que o principal bandido estava o tempo todo dentro da minha sala.

Gertrudes sorriu.

– Em Natal, recebi um telefonema da Raquel, dizendo que o encarregado do caso de dona Regina Maria era um homem honesto e bom. Nesse dia minha vontade de revelar o segredo que eu guardava ficou maior ainda, mas não tive coragem de voltar, ou seja, não tive até o momento em que soube que minha mãe havia tido um enfarto; nesse instante senti que precisava voltar imediatamente. Não havia outra solução. Escrevi ao doutor Gabriel contando tudo que eu sabia e pedindo a ele que transmitisse ao senhor, caso me acontecesse algo de ruim. Bem... já lhes passei o resumo de minha vida nesses últimos meses. Agora vou lhes contar o segredo, mas preciso tomar um pouco de água.

O advogado interfonou a sua atendente, que entrou na sala com três copos em uma bandeja de prata e uma garrafa de água mineral.

Refeita, Gertrudes prosseguiu:

– Conheci Regina Maria há trinta anos. Ela confeccionava lingeries sob encomenda. Trabalhava em casa. Morava com a mãe viúva no Botafogo. Eu era sua vizinha. Morava com meus pais no mesmo prédio. Regina Maria era muito criativa e caprichosa e as encomendas foram aumentando. Ela, então, procurou uma pessoa para ajudá-la com a compra dos tecidos, rendas etc., e foi assim que começamos a trabalhar juntas. O negócio prosperou e minha amiga alugou uma sala em um prédio comercial, ali mesmo no Botafogo. Esse prédio hoje é todo da firma Skintouch. Pois bem – prosseguiu a narradora –, dali a alguns anos Regina Maria conheceu Paulo Cavalcante. Logo se casaram e foram residir no apartamento que o senhor deve conhecer, na avenida Atlântica.

– Conheço, sim. Um belíssimo apartamento.

– Tinham tudo para serem felizes, e o foram durante alguns anos, até ela aparecer.

– Ela?

– Nós estávamos no escritório da Skintouch quando surgiu uma moça pedindo para falar com dona Regina Maria. Eu expliquei a ela que minha patroa era muito ocupada e só conversava com pessoas de alguma forma relacionadas com a firma. A moça insistiu muito, disse que era urgente e acabou sendo recebida.

Gertrudes suspirou e fez uma ligeira pausa, antes de prosseguir.

– Foi aí que todo o mal começou...

Doutor Percival e o advogado olhavam atentamente para ela.

– Esta moça, o nome dela era Gisele, e disse à minha patroa que era sua irmã. Imaginem o susto que dona Regina Maria levou! Retrucou ser impossível, ela sempre fora filha única. A moça insistiu, afirmou que era irmã unilateral de Regina Maria. Disse que o pai de minha patroa havia convivido com a mãe dela em São Paulo, durante certo tempo. Regina Maria se lembrou de que, quando era pequena, o pai trabalhara alguns anos em São Paulo. Ficava lá durante a semana, mas vinha sempre passar os finais de semana com ela e a mãe. Perguntou a Gisele como soubera do fato e por que só agora, depois de tantos anos, viera procurá-la. Gisele explanou que a mãe falecera há pouco tempo e antes de morrer lhe contara o segredo que escondera durante sua vida. A mãe era argentina e elas viviam em um sítio perto de Monte Caseros, província de Corrientes. Dona Regina estanhou o fato de ela falar português corretamente. Gisele explicou que a mãe lhe ensinara, por ter vivido alguns anos no Brasil. Regina Maria ficou muito abalada e disse para a moça retornar em dois dias. Iria pensar no assunto. Eu presenciei a conversa delas. Aconselhei minha patroa. Disse-lhe que tivesse muita cautela, pois a pessoa que aparecera poderia ser uma farsante, com olhos no dinheiro que ela possuía.

– E o que sua patroa fez? – perguntou doutor Percival.

– Regina Maria perguntou à mãe quanto tempo o pai havia trabalhado em São Paulo. Não tocou no assunto da traição para não magoar a mãe, que estava muito doente. Foi inteirada de que o pai trabalhara em São Paulo durante dois anos e meio. "E por que não mudamos para lá?", perguntou à mãe, que respondeu: "Seu pai dizia que sua transferência no emprego estava para sair a qualquer momento. Mas você sabe como são essas coisas, só o transferiram após todo esse tempo". Então minha amiga me confidenciou: "É... minha mãe nunca desconfiou da traição e vai morrer sem saber, porque, ainda que seja verdade, não vou lhe causar essa enorme mágoa".

Dona Gertrudes enxugou uma lágrima.

– Regina Maria era assim, uma pessoa incapaz de causar qualquer desgosto ao seu próximo. Gisele retornou após alguns dias e pediu para fazerem um exame de DNA. Eu penso que dona Regina Maria se ressentia pelo fato de ser filha única. Algumas vezes conversávamos sobre esse assunto, já que eu também não tenho irmãos. Eu não sei se por isso, ou para evitar uma ação judicial, ela concordou em fazer o exame. E, como já devem ter adivinhado, o resultado foi positivo. Ela perguntou a Gisele por que viera procurá-la. A moça a convenceu de que se sentia muito sozinha e seria bom contar com o afeto de uma irmã. Bom, o fato é que Regina Maria colocou-a para trabalhar ali mesmo no atacado da firma e passou a tratá-la com muito carinho. Nesse ínterim, a mãe de minha patroa faleceu e ela se apegou mais à irmã. A vida parecia estar serena, até o dia em que dona Regina Maria surpreendeu seu marido beijando Gisele.

Doutor Percival e doutor Gabriel acompanhavam atentos a narração.

– Os senhores podem avaliar o quanto minha amiga sofreu! Dispensou a ingrata e ameaçou o senhor Paulo, dizendo que iria ingressar com ação de divórcio. Ele rogou a ela que não fizesse isso, que aquilo fora uma coisa sem a menor importância, que ele a amava. Enfim, fez tudo o que pôde para salvar seu casamento milionário. Então ela lhe disse que continuariam casados, mas, se ela soubesse que ele voltara a ver sua irmã, iria imediatamente separar-se dele. Em seguida, ela procurou o doutor Gabriel e fez um testamento, pois não queria deixar coisa alguma para a irmã traidora. O casamento parece que seguiu bem, mas dona Regina Maria sofreu muito com tudo que acontecera: a perda da mãe e, logo em seguida, a traição do marido e de uma irmã que ela acolhera e ajudara. Ela sofreu tanto que perdeu dois dentes nessa ocasião. A Raquel me ligou perguntando sobre esse assunto.

– Fui eu que pedi. O médico legista precisava saber se sua patroa havia feito implantes dentários – explanou o delegado. – Mas, a propósito, me esclareça uma coisa: como era essa Gisele, digo, ela se parecia com sua patroa?

– Bem – ponderou Gertrudes –, ela parecia um pouco com minha patroa, mas não era tão bonita. Um pouquinho mais baixa, olhos e cabelos castanhos. Além disso, o nariz era maior. Mas, pensando bem, havia algo muito semelhante: a voz, o timbre de voz.

– Uma plástica no nariz, lentes azuis nos olhos, sapatos de salto – murmurou doutor Percival.

Os outros o olharam curiosos.

– Sua amiga, dona Gertrudes, não foi sequestrada em março. Aliás, jamais foi sequestrada.

– O que houve então? – perguntou Gertrudes, surpresa.

– Ela foi assassinada em janeiro.

– Meu Deus! – exclamou a senhora, mas após alguns segundos indagou: – Como ela poderia estar em Petrópolis em fevereiro?

– Aí é que está, ela nunca esteve em Petrópolis, nem no sul de Minas.

– Foi tudo uma farsa? – perguntou doutor Gabriel.

– Uma farsa muito bem urdida. Teria sido um crime perfeito se aquela fábrica de azulejos não tivesse a ideia de construir um galpão em Queimados. Pessoa alguma jamais saberia.

– Mas não notaram nenhuma diferença?

— Houve uma só pessoa que notou: dona Lola, a testemunha que veio do sul de Minas. Eles deram muita falta de sorte de se encontrarem com ela em São Lourenço. Dona Lola é fantástica!

Os três se calaram por alguns instantes.

— Fantástico é o que o senhor nos contou, delegado. Que mentes maquiavélicas! — exclamou dona Gertrudes. — Se eu pudesse ter lhe contado antes o que contei hoje, acha que teria ajudado?

— Ajudaria sim; mudaria o rumo das investigações — respondeu doutor Percival. — Mas o importante é que tudo acabou bem. Com o endereço dessa tal Gisele, ficará mais fácil para a polícia localizar os dois foragidos. Eu lhe agradeço, dona Gertrudes.

\* \* \*

Doutor Percival voltou para Copacabana refletindo sobre tudo que acabara de ouvir: *Agora, sim, as peças deste quebra-cabeça se encaixaram.*

Foi direto para seu apartamento. Ao abrir a porta, sentiu que havia alguém na sala. Levou a mão ao coldre.

— Quem está aí?

Uma voz serena respondeu:

— Calma, sou eu.

Acendeu a luz e enxergou a esposa sentada no sofá. Foi tomado de grande alegria.

— Veio me visitar? Desculpe a demora.

— Não precisa pedir desculpas. Vida de delegado é assim mesmo.

— É por isso que você não quer voltar, não é?

– Dê uma olhada no quarto.

– Suas malas! Você veio...

– Para ficar.

– Que bom, querida. Mas eu prometo: vou ingressar com meus documentos para minha aposentadoria.

Simone levantou-se e segurou as mãos do marido.

– Você se aposenta se quiser. A sociedade precisa muito de um delegado com a sua coragem.

– Você está dizendo que me aceita com toda a tribulação do meu trabalho?

– Estou dizendo que o amo demais e não podia ficar mais tempo longe de você. Cheguei também à conclusão de que não posso exigir que você se aposente.

– Você é maravilhosa, querida.

– Ao lado de um homem notável, uma mulher maravilhosa.

Os dois riram e se abraçaram com ternura.

## AGRADECIMENTOS

Agradeço a minha filha, Alessandra Bortoni Ninis, e ao meu neto, Felipe Bortoni Ninis Emmerick, por terem me acompanhado ao Museu Imperial de Petrópolis e a outros monumentos históricos que figuram neste romance.

Agradeço também ao escritor Francisco Villela, que gentilmente prefaciou este romance.

FONTE: Glosa

#Talentos da Literatura Brasileira
nas redes sociais